Mera und das laufen

Impressum

Mera Scheming
Gaustrasse 59
67549 Worms
E-Mail: merascheming@web.de

Inhaltsverzeichnis

Weine nicht....3
Die Brücke....5
Die Bürste....7
Unser tag....9
Der Lauf....11
Der gute Ton....13
Die Farbe ist da....15
Das ist nicht wahr....17
Die guten Zwei....19
Wohin gehen wir....21

Lache mit uns 23
Ein fremder ist da 25
Ich verstehe es 27
Ich darf es 29
Verzichte es 31
Wer ist da? 33
Unser Rätsel 35
Falle hin 37
Schluss damit 39
Esse mit mir 41
Ich will nicht 43
Die Worte 45
Was soll das 47
Ihr wisst es 49
Die Pflasche ist da 51
Die Warteliste 53
Es ist egal 55
Der neue Tag 57
Der neue Weg 59
Berate mich 61
Die Tulpe ist da 63
Der gute Peet 65
Es wird so 67

Weine nicht

Zu den wenig bekannten Alltagsgeschichten der Jahre vor dem 1. Weltkrieg gehören jene, die sich mit dem Kampf um die Emanzipation der Frauen befassen. Radeberg und Ottendorf/Okrilla bargen durch die Vielzahl industrieller Betriebe und den im Prozess des Handwerks und der Gewerbetreibenden tätigen Frauen, durchaus ein Potential für diese gesellschaftspolitische Frage. Zudem hatte sich in beiden Orten die Sozialdemokratie als gesellschaftliche Kraft entwickelt. Im Wahlkampf 1903 waren viele Frauen für die SPD aktiv, wenngleich sie selbst noch nicht wählen durften. Und in diesem Alltag gab es durchaus aus heutiger Sicht kuriose Momente.
Unmittelbar nach dem grandiosen Wahlerfolg der SPD zu den Reichstagswahlen 1903 in Sachsen, die SPD gewann 22 von 23 Sitzen, stellte Radebergs Konservativer Verein den Antrag an den Stadtrat, dieser möge sich dafür verwenden, dass der Reichstag ein Gesetz beschließen möge, verheirateten Frauen die industrielle Erwerbsarbeit zu verbieten. Über 1200 Frauen hatten zu dieser Zeit den Status einer Arbeiterin.

Man berief sich dabei auf den Philosophen Kant, denn man wollte wissenschaftlich modern sein. Kant hatte u. a. gesagt: „Es schickt sich nicht für die Frau, tiefgründige Überlegungen anzustellen. Sie soll Leichtigkeit und Schönheit zeigen. Die Bestimmung der Frau ist es, eine Ehe zu führen. Sie hat den Mann zu ergänzen und zu verfeinern. ... dem Mann seien Verstand und Kühnheit, ihr Witz und Listigkeit zu eigen, er besitzt Wahrhaftigkeit und Redlichkeit, sie Scherz und gefällige Schmeichelei." Berliner Zeitungen erhielten Wind von dieser tatsächlich eingereichten Petition und spotteten mehrere Wochen über das „Provinznest Radeberg in Sachsen".

Zur gleichen Zeit etablierte sich eine Frauenorganisation, die durch den Werbeslogan: „Wer ist Olympe de Gouges?" auffiel. Niemand kannte diese Persönlichkeit der Französischen Revolution, aber ihre Wahlsprüche wurden in Damenkränzchen und „unpolitischen Frauenversammlungen" diskutiert. Einer davon war: „Frauen, die das Recht haben, das Schafott zu besteigen, sollten auch das Rednerpult besteigen dürfen".

Schließlich war es dem Sächsischen Landesverein für Frauenstimmrecht vorbehalten, die Männer mit der Anfrage zu verwirren „Wieviel Frauen nach $ 24 der Landgemeindeordnung stimmberechtigt seien?“ Grünbergs Gemeindevorstand sandte eine überlieferte Antwort: „ Im hiesigen Orte befinden sich keine stimmberechtigten Frauen. Aber der Fragenden rate ich, sich doch lieber mit dem Strümpfestopfen, Hosenflicken und Suppenkochen vertraut zu machen, denn wenn sie mal heiraten will, kann sie nix. Im Übrigen, was geht den Fräuleins unser Gemeindewohl an? Wollen sie irgendwie die ganzen Steuern für uns Männer bezahlen? Sonst geht es bei uns immer sehr gemütlich zu, wollen sich die Fräuleins hier ansässig machen? Ich glaube aber, hier bekommen sie keinen Mann, denn die hiesigen Schönen lassen sich nicht gern von den Fleischtöpfen forttreiben. Denn, wie gesagt, bei uns ist es sehr gemütlich, weil sich unsere Frauen nicht mit Politik befassen, das überlassen sie uns Männern, sondern kochen den ganzen Tag über ein gutes Essen, und wenn wir abends in die Kneipe gehen und wieder nach Hause kommen, haben sie auch schon wieder eine gute Tasse Kaffee fertig. Und das loben wir! Und ich weiß, unsere Frauen sind glücklich. Wenn Sie dasselbe auch so machen, wird es ihnen auch gut gehen, aber gelehrte Frauen und dergleichen, wie sie es sind, werden nimmer eine gute Hausfrau abgeben.“

Die Brücke

eigentlich fing alles sehr gut an. Mein Sohn kam und holte mich zum Einkaufen ab....alles war harmonisch, wir standen noch auf dem Parkplatz vom Einkaufsladen und schon ging's los mit "tattüü-tatata".
Wir fuhren also in Richtung nach Hause.....und plötzlich war es aus.
Die Autos stauten sich am Ortsausgang.....Kein gutes Zeichen...wir drehten um und nahmen den Schleichweg nach Hause.
Der führt paralell zur Hauptstraße und von dort oben sah man auf einen größeres Unfallgeschehen drauf.
Durch meine Blödheit auch noch den Abbieger verpaßt und einmal noch eine schöne Runde gedreht und endlich zu Hause angekommen.
Lustig war jetzt überhaupt nichts mehr........aber dennoch, mein Sohn fuhr mit Engelsgeduld den Umweg bzw. folgte meiner Wegbeschreibung und prompt waren wir verkehrt. Um eine "Bauernstraße" hatte ich mich verschätzt.
Nochmal umdrehen und die erste Landwirtschaftslinie nehmen.
Naja, das war dann das richtige Ziel und unbeschadet standen wir vor unserem Ziel.
Oaoo, auf diesem Schleichweg kammen uns sehr viel Autos entgegen.... das hieß, es muß was größeres und längeres passiert sein.
Zum Glück lag es nicht auf der Strecke, die mein Sohn nach Hause fahren mußte.
Und somit endete ein schöner Tag.

heute fand ich sie, in einer kleinen Seitentasche der Jacke, die ich bisher nie benutzte, doch an diesem Tag war es sehr heiß - steckte sie wohl vorher in die Jacke - und ging ohne sie. Der Jacke!
Jedenfalls kam ich ohne Jacke wieder zu Hause an!!!
Mein Taxi-Fahrer konnte das bestätigen.
Naja....die kleinen "Grauen" lassen nach, doch nun hängt sie wieder störend am Halskragen rum, doch für die Augen ist sie da.
Jeder hat so seine Gewohnheiten......
doch, wenn man es weiß, sollte man darauf Obacht geben.
Zumindest kann ich jetzt zum Wochenende die Fernsseh-Zeitung lesen.
Doch ansonsten geht es mir gut!

WEnn der Kloddeckel nicht solche Schwächen zeigte---klappst ihn zu, dann mault er und geht wieder auf....
Was interessiert es mich....ich gehe einfach aus dem Kloraum raus.
Ein Kobold scheint in meinen Räumen zu sein!!!!!!!!!!!!!
Bitte nicht ernstnehmen, mit Spuk habe ich es nicht......
Doch manchmal ist man fest der Meinung, daß jemand anderes seine Finger im Spiel dabei hat.
Die Brillensuche schlug mir richtig auf's Gemüt. Ich war mir sicher, daß ich sie auf dem Schränkchen im Flur abgelegt habe, so, wie ich es immer tue.
Ach was soll's, sie ist plötzlich wieder da und ich schreie hurra....

Die Bürste

Mein Fernseher spinnt auch mit den Programmen???????
müssen wohl atmosphärische Störungen sein!!!!!!
Mein Fernseh-Doc glaubt inzwischen auch nicht mehr an meine Dämlichkeit, es kann nur der Obermieter sein.
Naja, da kommt noch etwas auf mich zu, vor allem muß man ihn am hellichten Tag erwischen, was sich als sehr schwierig gestaltet.
Aber ein Plan ist schon ausgearbeitet......
Und somit lebe ich fröhlich weiter und lasse anderen anderen die Lust daran, sich über mich lächerlich zu machen........

Einem Vermerk in der „Radeberger Zeitung“ vor einhundert Jahren über den Film „Wer Sorgen hat, hat auch Likör“ verdanke ich den Hinweis auf die Lästerarbeit, bei der Lästerlieder gesungen wurden. Ein Vorgang, den vor allem Frauen während des gemeinsamen Zusammensitzens pflegten. Im Kriegsjahr 1915 mokierte sich ein Sittenwächter über das Treiben in den Stuben und mancherorts sicher auch in den Hinterzimmern der Schänken. Die Frauen saßen bei der Lästerarbeit zusammen. Das war zu dieser Zeit in der Regel Ausbesserungsarbeit an Bekleidung und Strümpfen. Dabei wurde auch gesungen, so eben die Lästerlieder. Einer der Texte ist aufgezeichnet worden:
„Die stach die Fiedel immerzu, Ein Mädel ist ohne Strümpf noch Schuh, durch roten Klee gegangen, Trug weder Hut noch Spangen“ … Schatz morgen sollen’s die Menschen wissen, Auf offener Straße will ich Dich küssen. Dann folgt der große Familienkrach, Dann wird die heil’ge Entrüstung wach!
Doch dem wollen wir ohne Händefalten, lustige Lumpenhochzeit zu Gage halten. Das Wort „Gage“ (für Großröhrsdorf stehend), konnte in jeder Runde durch andere Ortsnamen ersetzt werden.

Die Lästerlieder sind alt, haben ihren Ursprung im 16. bzw. 17. Jahrhundert und waren vor allem in den dann protestantischen Ländern anzutreffen. So gibt es eine schlesisch-böhmische Quelle, die dem Grunde nach von einer außerehelichen Schwängerung berichtet. Hier wurde das Recht des Geldes anerkannt, Alimente für das Kind und der „Fidelgroschen“ für die Mutter. Insgesamt sollen 200 Gulden im Spiel

gewesen sein. Die zweite Quelle spricht von der Volksweisheit „Friss Vogel oder stirb!“
Und da soll in unserer Gegend folgender Liedtext oft gesungen worden sein:

Dass mich die Wollust dieser Zeit- Durch ihre zweifelhafte Süßigkeit – Mir die Lust am Himmel raube – Weil ich mehr dem Jetzt als dem Morgen glaube. Dies dürfte ein Urtext der Spottlieder in den Zeiten der Reformation gewesen sein. Und so wurde auch mal gesungen: „Hab Mut, Hör auf Dich zu sorgen! Mach es noch heute! Nicht erst morgen!“ Diese Variante ist bereits in einem Ottendorfer Gerichtsbuch von 1668 aufgezeichnet. Oder eine Alltagsempfehlung: „Schönheit war mir nie gegeben. Wer nicht schön ist- Muss schön leben!“

Unser tag

Und um das Ganze auch moralisch zu bewerten, gab es den Trost samt ihrer Empfehlung: „Lästern ist ein bisschen krass, wohl ziemlich krass. Aber mir (oder uns) macht's wirklich großen Spaß! – Gewissen, brauch ich nicht! Respekt, ist nicht meine Pflicht. Die Eingangszeilen wurden dann mit aktuellen Texten versehen. Manches werden auch die Spielleute oder durchziehende Studenten mitgebracht haben. Jedenfalls gehörten die Lästerlieder wie die Lästerarbeit für fast 400 Jahre zur gelebten Alltagstradition in Radeberg und seiner Umgebung.

und die suche ich seit 2 Tagen! Am Compu habe ich kein Problem, da ich 10-Finger tauglich bin. Doch wo ist die Brille nur geblieben? Im Krankenhaus auch schon angerufen, doch eine lapidare Antwort war die Folge !!!
Ich sage jetzt einfach mal ... meine Brille findet meine Nase...oder?

nach intensiven Untersuchungen mit MRT und Röntgen etc. hat man nun festgestellt, daß ich keine Simulantin bin.
Ich habe mir vor Jahren den Wirbel im unteren Bereich, sprich Steiß, total gebrochen und zerfetzt.
Die Röntgenbilder, die man mir vorlegte und erklärte, die haben mir den Magen angehoben.
Aber wirklich, dieses Chaos dort, das brauchte auch Erklärungsbedarf.
Meine Hausärztin ist fast in Schock verfallen....und wunderte sich über überhaupt nichts mehr!!!!!!!!!
Nun gut, wie gehe ich weiterhin damit um?
Reha, oder Gymnastik, doch am liebsten bewege ich mich überhaupt nicht und sitze in meinem Rolli drin.
Jetzt habe ich wieder mit der Krankenkasse ein Thema: die Pflegekosten für einmal in der Woche baden bzw. Haare waschen.
Einen Sitzlift für die Wanne, den haben sie jetzt nach langem Schreiben nun auch genehmigt.
Was ich nicht verstehe, daß man erst ekelhaft werden muß, bis die Damen am Schreibtisch auch kapieren, daß man nicht so einfach aufstehen kann und mit lockerer Hand eine Stellungnahme abgeben kann.
Nun, meine Freunde, mein Problem scheint gelöst...doch meine

Gesundheit bleibt unentschieden.
Meine Seele ist mir wichtig und der geht es erstaunlich gut.

uch wenn ich nicht mehr freilaufen kann, doch daran gewöhnt man sich und hat den Rolli-Partner unterm Hintern. Das macht doch Sinn. oder?
Küchenarbeit ist im Rollstuhl problematisch
Doch auch da findet sich eine Lösung bzw. man gewöhnt sich daran.

Der Lauf

Tief im Wald, wo die Bäume immer dichter werden, die Sonne keine Chance hat, bis auf die Erde hinunter zu dringen, da steht ein altes , kleines schiefes Häuschen, dass zerbrechlich wirkt, der Wind durch alle Ritzen pfeift, in dem es im Winter nie richtig warm wird.

In diesem Häuschen lebt ein alter Mann, der weiße Haare und einen langen grauen Bart hat.
Er geht schon ganz gebückt, als trüge er eine schwere Last, auf seinen Schultern.
Ein alter knorriger Ast dient ihm als Stütze.
Draußen ist es heute bitterkalt und der alte Mann, stöhnt und ächzt in seinem kleinen Häuschen.
Plötzlich hebt er den Kopf, lauscht angestrengt, so als ob er etwas ungewöhnliches gehört hätte, aber dann, streckt er seine krummen Hände wieder dem Feuer entgegen, dass in einem uralten Kamin brennt und ihm ein wenig Wärme verschafft.

Wieder hält der alte Mann inne, schaut sinnend in die Flammen, hebt den Kopf erneut, steht dann auf, geht zur alten Windschiefen Tür, geräuschvoll öffnet er die Tür, blickt auf ein kleines Mädchen nieder, dass ihn aus großen Augen anschaut, nur mit einem dünnen Mäntelchen bekleidet, streckt sie ihm die halberfrorenen roten Hände entgegen. In ihrem Gesicht glitzert es seltsam, als ob sie geweint hätte und die Tränen dann zu Eiskristallen geworden wären.
Der alte Mann schaut sie erstaunt an, hebt die Hand, winkt dem Mädchen zu, es solle ihm in die alte Hütte folgen, was es dann auch tat, sofort an das Feuer trat und die kalten Hände ausstreckte, sie rieb, um sie zu wärmen.

Da der alte Mann, schon lange in der Hütte, mitten im Wald lebte, hatte er das Sprechen verlernt, so reichte er dem Mädchen eine Tasse, in der sich eine dampfende, leckere Brühe befand.
Mit einem freundlichen Nicken nahm das Mädchen die Tasse entgegen und sagte;

Ich danke Dir sehr, denn wisse, ich habe einen weiten Weg hinter mir, komme von ganz oben, habe Dich sehr lange gesucht, aber nun endlich doch noch gefunden !
Der alte Mann schaute das Mädchen an, aus seinem Mund kamen nur unverständliche Laute, es hörte sich an, wie das leise murmeln eines Baches.
Es macht nichts, ich verstehe Dich trotzdem, aber wenn Du Dich anstrengst, kannst Du bestimmt bald wieder reden !

Denn ich, die von ganz oben kommt, wurde zu Dir geschickt, weil Du ein Gottesfürchtiger Mensch bist, der mit den Tieren des Waldes in Eintracht und Frieden lebt. Darum hast Du jetzt drei Wünsche frei, die ich Dir erfüllen werde, aber bedenke gut, was Du Dir wünschst, denn sie dürfen nicht Materieller Art sein! Das heißt: kein Geld, keine Reichtümer , aber alles andere, will ich Dir gerne erfüllen !
Der alte Mann schaute das Mädchen wieder verständnislos an, aus seinem Mund erklang nur ein murmelnder Ton.

Der gute Ton

Da nahm das kleine Mädchen einen kleinen Zettel, einen goldenen Stift, den es aus ihrer Manteltasche hervor holte, reichte beides dem Alten wortlos.
Der schaute verdutzt darauf, schüttelte sein weißes müdes Haupt, denn auch das Schreiben hatte er verlernt, zeigte mit den Händen auf seinen Mund, fuchtelte mit den Händen hin und her.
Möchtest Du vielleicht reden können ? Ist das Dein erster Wunsch ?
Der Alte nickte heftig und siehe da, dass Mädchen hob die kleinen Arme, ein heller Blitz zuckte auf.
Dicke Tränen tropften aus den müden Augen des Alten, auf den Boden der Hütte, ein Schluchzen, dass tief aus der Kehle des Alten Mannes kam schwang durch die Hütte.
Das kleine Mädchen ging zu dem alten Mann, wischte vorsichtig die Tränen aus seinem Gesicht und verwundert fragte der Alte;
Was ist das... was läuft mir da aus den Augen...!
Tränen sind das, antwortete das Mädchen....Tränen der Freude, weil Du wieder reden kannst... Das war Dein erster Wunsch, welches ist Dein zweiter, fragte ihn das Mädchen.
Nur ganz kurz überlegte der Alte, sagte dann ;
Ich wünsche mir, dass die Tiere des Waldes immer genug zu essen haben, dass sie nicht frieren müssen, in diesem kalten Winter......
Ach , sagte er , ich wünsche mir ganz einfach, dass es ihnen immer gut geht, dass sie keine Not leiden müssen !

Dein Wunsch wird Dir erfüllt, den Tieren des Waldes wird es von nun an, immer gut gehen, sie werden genug zum Fressen haben, sie werden nicht erfrieren, alles soll so geschehen wie Du es möchtest sagte das Mädchen und ihre Augen leuchteten so hell wie zwei Sterne am dunklen Abendhimmel.
Jetzt hast Du noch einen Wunsch sagte sie, möchtest Du ihn nicht für Dich verwenden ?
Der alte Mann schaute sie lange Zeit an, sagte dann;
Ach, ich bin schon alt, was soll ich mir wünschen.....dann verfiel er in tiefes Grübeln, bis er endlich sagte;

Nur eines wünsche ich mir von ganzem Herzen, wenn meine Zeit hier auf Erden abgelaufen ist, dann möchte ich dahin gehen, wo auch meine liebe Frau ist, mehr wünsche ich mir nicht ... seine Stimme klang traurig und wurde immer leiser.
Sei nicht traurig; sagte das Mädchen, bald schon, sehr bald wirst Du sie Wiedersehen !
Da wusste der alte Mann, dass seine Zeit hier auf Erden abgelaufen ist, er würde endlich dort hin gehen, wo auch seine geliebte Frau war, dieses kleine Mädchen war gekommen, um ihn zu holen.

Er hatte keine Angst davor, denn tief in seinem Inneren breitete sich Frieden und Ruhe aus, er atmete einmal tief ein und ein leiser Seufzer schwebte durch die Hütte.
Gut sagte er; dann habe ich nur noch einen Wunsch!
Ich wünsche mir, dass auf Erden immer Frieden ist, dass sich die Menschen nicht selber umbringen, sie sollen im Einklang mit der Natur leben und sie nicht zerstören, dabei tropften bei jedem Wort kleine Tränen auf den staubigen Boden der alten Hütte, sie sahen aus, wie winzige Diamanten und glitzerten im Feuerschein des Kamins in schillernden Farben.

Die Farbe ist da

Das Mädchen schaute ihn an und sagte;
Ich kann Dir fast alle Wünsche erfüllen, diesen Wunsch leider nicht, dazu fehlt mir die Macht, die hat nur unser aller Schöpfer, Du weißt was ich meine !
Dann habe ich keinen Wunsch mehr, denn weißt Du, ich habe mich nur darum in den Wald zurückgezogen, weil auf der Welt nur noch Neid und Missgunst herrschen, die Menschen böse sind, sich gegenseitig umbringen, ich das alles nicht mehr ertragen konnte !
Das Mädchen nickte; Möchtest Du nicht noch einmal Deine Kinder sehen , wissen was aus ihnen geworden ist, wie sie heute leben, wie sie wohl aussehen ?
Nein ,sagte der Alte; als vor vielen Jahren meine geliebte Frau starb, da haben sich meine Kinder um das Erbe gestritten, ich konnte das nicht ertragen, darum habe ich meine Sachen gepackt, mich auf den Weg in den Wald gemacht, immer tiefer hinein, bis ich dieses kleine Fleckchen fand. Hier baute ich mir diese Hütte, seitdem lebe ich hier, ganz allein, mit den Tieren des Waldes....
Meine Kinder... ach, meine Kinder... sie haben mich doch schon lange vergessen, denn sie haben mich nie gesucht... Ihnen war es doch egal, was aus mir wird... Nur das Geld, dass war ihnen wichtig !!
Gut, sagte das Mädchen; lass uns ein wenig ausruhen !
Draußen am Himmel stand schon hell und rund der Mond.
Ja, lass uns ein wenig schlafen, denn ich bin sehr müde! So legte sich beide nah am Feuer nieder, kuschelten sich aneinander und schliefen ein.

Am nächsten Morgen standen alle Tiere des Waldes um die kleine, alte Hütte, denn der alte Mann war in dieser Nacht gestorben, friedlich in den Armen des kleinen Mädchens.
Aber über der Hütte, hoch oben am Himmel, leuchtete ein heller, großer Stern, den auch wir am frühen Morgen sehen können. Wir nennen ihn den Morgenstern und auf diesem Stern, lebt jetzt der alte Mann mit seiner Frau in tiefer Liebe vereint.
Schaut doch einmal, ganz früh am Morgen, hinauf in den Himmel, dann werdet auch Ihr ihn sehen..

Angekündigt waren zur Kirmes des Jahres 1901 in Radebergs Gaststätte „Lindenhof“ zwei feschen Chansonetten aus dem Wiener Milieu, die schon Tage vor dem Ereignis für Trubel sorgten. Hatte sich doch die sich Mizzi nennende junge Frau am Donnerstag im beginnenden Abenddämmerlicht so vor dem Eingang positioniert, dass das linke Bein in seiner ganzen Schönheit zu sehen war „bis ziemlich oben hin“, wie der diensthabende Gendarm notierte. Die Mund-zu-Mund-Propaganda lief an, kleine Handzettel versprachen einen einmaligen Abend zur Kirmes. Trotz des für damalige Verhältnisse enormen Eintrittspreises von 7 Mark, gingen die Eintrittskarten schnell weg. Schon nachmittags war der Gastraum gut besetzt, so ließ der Gastwirt Siegmund noch schnell einen Pianisten engagieren, damit schon so etwas wie Vorfreude aufkam. Gegen halb Neun ging dann das eigentliche Programm los. So wurde zunächst zum Kloßspiel aufgefordert, interessierte Herren kauften einen aus Mehl und allen gängigen Zutaten hergestellten Kloß. Dieser war nun so in der Hose zu verstecken, „möglichst vorne“, damit er nicht kaputt ging. Zu diesem Zeitpunkt ahnte noch keiner was kommen sollte, denn die eigentliche Attraktion sollte ja sein, dass ein Besucher der es schaffen würde in dreißig Minuten nicht einmal zu lachen, das Geld zurückbekam und eine Prämie dazu.

Das ist nicht wahr

Nun traten die feschen Chansonetten auf und lieferten die frivolen Witze und Gesänge. Lieder wie „Eugen, ich möchte so gern mit dir ins Heu gehen“ oder „Benjamin, ich habe nichts anzuziehn“ brachten oft schräge Töne zu Gehör. Zu den Liedtexten waren ein ruckartiges Springen, ein Pirouettendrehen und ein Wiegen der beiden Damenkörper unterstützend für die aufkommende Stimmung. Das gefiel und fast alle Gäste waren ob der bisher nicht erlebten Szenerie begeistert und vergaßen dabei die Chance ihr Geld zurück zu erhalten. Doch zwei oder drei hielten durch.
Denen griffen die Chansonetten ohne viel Federlesen einfach in die Hose um den Kloß herauszuholen, das Wiehern und Brüllen im Lokal war entsprechend. Keiner schaffte es ernst zu bleiben, so blieb das Geld in der Kasse.
Dennoch gab es nicht nur ein sittliches Nachspiel. Ein Gast machte vor dem Amtsgericht geltend, dass er die ganze Zeit nicht gelacht habe. Er wurde im wahrsten Sinn des Wortes vorgeführt, hatte er doch das Kleingedruckte auf der Eintrittskarte nicht gelesen.

ich lag in einem Krankenhaus, sah wie eine Mumie aus, der Mund war trocken und die Zunge klebte am Gaumen dran.
Und obwohl ich mich bemühte, es kam kein Ton aus meinen Mund heraus.
Sah eine Frau, die aus dem Fester springen wollte - doch alles noch ein Narkoserausch.....
Mein Sohn stand plötzlich neben mir und dem erzählte ich meinen Narkosetraum.
Viel viel später, erzählte er mir davon, wovon ich keine Erinnerung mehr hatte und wunderte mich nur.
Seitdem bin ich sein "Spinnerchen"....auch schön ausgedrückt.
Und heute ist es so, daß er bei jedem meiner Berichte erstmal nachfragt, ob ich nicht unter Narkose stehe.

Viele Leute fühlen sich von dem Tun der Stockenten, ihrem Schwimmen und dem Watscheln, dem Geschnatter angetan. Das ganze Jahr über kann man sie bei uns an Seen und Flussufern beobachten.

Doch die Gemeinden gehen schon lange dazu über, das Füttern der Enten zu verbieten, weil mit den Brotresten, die den lieben Enten zugeworfen werden, von denen stets eine ganze Reihe Brotstücke absinken, da die Enten gerade gar nicht bzw. nicht mehr hungrig sind. Die Gewässersauberkeit droht umzukippen. Unsere Stockenten sind winterfest und überleben auch bei Frost und Schnee, was so manchen Entenfütterern im Winter nicht einleuchten will. Die Anzahl der Nachkommen hat sich inzwischen vielerorts zu einer Plage entwickelt.

Wenn ich an der Aller spazieren gehe, kann ich die Enten quaken hören, schwimmen sehen, und wenn ein Spaziergänger vorbei kommt, flüchten sie keineswegs den Uferabhang hinunter, sondern sie laufen dem Fußgänger entgegen und fordern regelrecht ihren Futterobolus! Etwas hilfreich sind dagegen die Saatkrähen, die sich in meiner Stadt auch bereits so sehr vermehrt haben, dass man als Fußgänger unter so manchem ausufernd wachsenden Baum nicht mehr passieren mag. Die Menschen suchen sich schon Umwege, auf denen sie ohne Enten und Krähen zum Ziel kommen. Aber die Saatkrähen haben auch längst entdeckt, dass auf den Allerwiesen die Stockenten gefüttert werden und stibitzen sich so manchen Brotrest, denn die Enten liegen lassen, weil sie bereits satt sind.

Die guten Zwei

Der Klubteich in meiner ehemaligen Heimatstadt wurde jedes Wochenende von den Schiffsmodellbauern genutzt. Wenn wir früh genug eintrafen, konnten wir die Enten oft noch schwimmen sehen.

Natürlich versteckten sie sich an sichere Teichränder, wenn wir unsere Modelle dann fahren ließen. Der Teich wurde auch von Enten bewohnt, allerdings nur über Jahre jeweils von zwei Entenpärchen. Wenn sie gebrütet hatten, konnten wir oft die Entenmutter mit der Schar ihrer Küken beobachten. Aber von Tag zu Tag waren es meist weniger Küken. Es lag wohl daran, dass das Teichufer auch von Wasserratten bewohnt wurde, die offensichtlich die Eier und auch die Küken als Nahrungsquelle nicht verschmähten. Ich denke, auch war es den Enten auf „unserem Teich" wohl futtermäßig ausreichend, so dass sie nicht abwanderten, hier konnten sie in der Umgebung ausreichend Nahrung – ohne verstreutes Brot finden.

Es gab noch einen zweiten Teich, den Schwanenweiher in etwa einem km Entfernung. Dort machten die Stockenten den Schwänen das Revier oft streitig. Um diesen Weiher konnte man auch spazieren gehen. Doch der Weg war zumeist vom Entenkot derart verschmutzt, dass ein Spaziergang dort eher einem Spießrutenlauf mit Blick auf den Boden glich. Wer will schon mit dieser Verschmutzung, die sich in jede Ritze der Schuhsohlen drückt, nach Hause kommen. Es stinkt fürchterlich! Einmal hatte sich eines der Entenpärchen am Klubteich in die Küche unseres Klubhauses verirrt. Wir hatten es nicht gesehen und abgeschlossen. Als wir Tage später wieder aufschlossen, flüchteten die Zwei an uns vorbei nach draußen - und wir durften mehrfach die Küche wischen, ehe der Gestank verschwand.

Sollte sich jetzt der Eindruck eingeschlichen haben, ich sei Entengegnerin, muss ich widersprechen. Aber ich stehe keineswegs mehr einer GROSSEN Entenschar an Seen und Flüssen wohlwollend gegenüber. Wenn ich dann noch daran denke, wie oft ich sehen konnte, dass im Frühjahr einige Erpel eine einzelne Ente „jagten", um sich mit ihr zu vereinen, wie dann so manche Ente im Eifer des Gefechtes unter Wasser gedrückt, ertränkt wurde, kommt mir ganz einfach die Idee: der Mensch in seiner Uneinsichtigkeit hat dafür gesorgt, dass es so viel Nachwuchs gibt und vor allem nicht ausreichend gleichmäßig verteilt Enten und Erpel.

Stammtische und Öffnungszeiten der Gastwirtschaften dürften zu einer Vielzahl Geschichten Anlass geben, hatte es doch der Wirt schwer, die „Polizeistunde herzustellen“ wie es in einem Reglement um 1910 hieß. Aus Radeberg und seiner Umgebung sind diese Geschichten in der Regel nur mündlich weitergetragen worden, sodass vieles, vor allem in den Dörfern verloren zu gehen scheint. Von einem Lotzdorfer hörte ich vor Jahren den Spruch: „Nach einem Schluck vom Biere kratzt es im Halse, und mit Fritzschens Bullchen geht's dann bis um Viere.“ Fritzschens Bullchen und nicht „das Bullchen von Fritz“ wie man annehmen könnte, war hier der Dreh- und Angelpunkt.
Am Ende der 1920er Jahre hieß Lotzdorfs Nachtwächter mit dem Familiennamen Fritzsche. Zu seinen Aufgaben gehörte es, auch auf das Einhalten der Polizeistunde zu achten. Doch zunächst war es der Gastwirt, der die Aufgabe hatte, die gelegentlichen und die Stammgäste auf das Ende der Ausschankzeit hinzuweisen. Lotzdorfs Gastwirt Wilhelm Riemer rasselte dabei immer mit dem Schlüssel und gebrauchte den zutreffenden Satz „Auch der Gast macht sich strafbar!“

wenn es um die per Gesetz verordnete strafbare Relevanz des Überschreitens der Polizeistunde ging. „Noch einen Schlaftrunk!" war dann oft die Forderung der Stammgäste und mit der Bemerkung „Das ist aber nun das letzte Bier!" gab es die nächste Runde.
Zu dieser Zeit kam Nachtwächter Fritzsche in Lotzdorfs Gasthof und soll dann immer gerufen haben: „Schluss mit der Vorstellung meine Herren!". Doch mit einem „Bullchen Schnaps" ließ er sich erweichen und ging noch eine Runde. Kam er das dritte Mal hinein gab es den Standardruf „Ihr habt wohl darheeme keene Betten?". Mit einem neuen Bullchen ließ sich der Nachtwächter erweichen und kam dann wohl gegen vier Uhr nochmals nach dem Rechten zu sehen. In die Dienstakten wurden keine Vermerke gemacht und der Nachtwächter erfreute sich der allgemeinen Anerkennung „für seinen schwierigen Dienst" wie es in einem Gemeinderatsprotokoll nachzulesen ist.

Jeden Morgen das selbe Spielchen! Das Aufstehen ist auch nicht mehr so, wie du es Jahrzehnte gewohnt warst: hopp aus dem Bett und ab ins Bad ...

Du stehst etwas mühsamer auf, manchmal drehst du dich auch erst passend, damit du besser auf dem Bettvorleger landest. Dann wackelst du ins Bad, schaust in den Spiegel. So zerknittert sah das Spiegelbild früher nicht aus ... Du gönnst ihm ein Lächeln und – siehe da – es lächelt zurück! Und schon sind die ganzen Knitterfalten das, woraus sie entstanden sind: viele Lachfältchen!! Sogar die Sorgenfalten von einst und von heute werden überdeckt!

Aber das ändert nichts daran, dass dein Hals an den eines Puters erinnert! Da hilft auch kein Lächeln. Wenigstens siehst du da nicht, wie bei vielen Menschen, ein Doppelkinn. Beides kann man ja mit hoch erhobenem Kopf noch etwas „entzerren", aber wer mag schon immer mit hochnäsig in den Nacken gelegtem Kopf durch die Weltgeschichte ziehen? Dann sieht man die Stolpersteine auf dem Boden nicht mehr. Das könnte auch fatale Folgen haben ... und der Nacken will das auch nicht ertragen!

Gönn Deinen Kindern zu sehen, wie das Leben mit dir umgegangen ist. Sie übersehen das sogar, für sie bist und bleibst du ihre Mutter, ihr Vater! Und so lange sie dir zeigen, dass sie dich lieben, so wie du nun bist, ist alles in Ordnung!! Du brauchst nicht viel, um dich auch selbst im faltigen Alter noch zu lieben: lach deinem Spiegelbild ins Gesicht und es blickt so freundlich zurück, wie du es anlachst!

Lache mit uns

Das Münsterland ist nicht wirklich die schneesicherste Gegend. Wenn es dort einmal schneit, bleibt zumeist nur eine dünne Schneedecke für kurze Zeit liegen, die auf den Straßen sehr schnell vom Verkehr in hässlichen schwarzen Matsch verwandelt wird und natürlich werden die Gehwege so rasch wie möglich „vom Eise befreit".

An wirkliches Rodelwetter kann ich mich nur erinnern, als der Winter 1951/1952 tatsächlich sehr kalt war. Die Klassenräume waren wohl nicht so gut oder ausreichend zu heizen. Da es aber nun einmal genügend geschneit hatte, sind wir am nächsten Morgen mit der ganzen Schulklasse mit eigenem Schlitten in die nahe Promenade rodeln gegangen, die kurzen, teils auch steilen kleinen Abhänge auf die vor dem Wall liegenden Wiesen hinunter zu rutschen. Eine "Todesbahn" gab es auch: mit ausreichendem Geschick konnte man statt auf der Wiese auszufahren in einer Rechtskurve mit dem Schlitten auf einen zugefrorenen Teich plumpsen. Mit ausreichend Schwung fiel man nicht auf das zu dünne Eis am Ufer. Es war schon nicht ungefährlich und natürlich war es vor der Lehrerin zu vertuschen ...

Auch der Teutoburger Wald, wo ich 20 Jahre später zu Hause war, gehört nicht wirklich zu den winterlich schneesicheren Gegenden. Die höchste Erhebung, der Dörenberg, erhebt sich lediglich 331 Meter über dem Meeresspiegel.

Selten liegt an seinen Hängen ausreichend Schnee, um einmal bis zu den Knien im Schnee zu versinken. Nur an wenigen Tagen in weit auseinanderliegenden Wintern habe die Kinder eine genügend dicke Schneedecke, um ihren Rodelschlitten oder gar Skier zu nutzen.

Zumeist gibt es ein paar knackig kalte Frosttage, manchmal mit „Schnee überzuckert", aber wenn wirklich mal Schnee fiel, war Eile angesagt: Recht bald zum Dörenberg fahren und dort das schöne Winterwetter für Spaziergänge oder Fotos nutzen ...

Im Winter 2003 hatte ich richtig Sehnsucht, einmal wieder winterliches Wetter zu erleben, mit für meine norddeutschen Verhältnisse richtig viel

Schnee. Doch die Fahrt in den Harz oder gar nach Bayern wäre uns zu lang geworden. In Kindertagen war mein Mann mit seiner Familie öfter in Brilon Wald gewesen, wo die Familie eine alte Hütte im Wald besaß. Diese winterlichen Erlebnisse bestimmten nun die Richtung.

Wir fuhren nach Winterberg und logierten für eine Woche in einem gerade renovierten Hotel. Das Wetter war wunschgemäß, wie ich es mir erträumt hatte und wir machten viele Spaziergänge in die verschneite Bergwelt, zur Bobbahn, zum Kahlen Asten, der dritthöchsten Erhebung des Rothaargebirges, oder auch nach Altastenberg. Dort wollten wir uns umschauen, ob wir die Jahre zuvor mit den Kindern genutzte Ferienwohnung eines Bekannten wiederfinden würden.

Ein fremder ist da

Im Winter 1962 begannen meine 38-jährige Mutter und ich gemeinsam den Führerschein zu machen. Bereits im April wollte mich der Fahrlehrer nach nur 9 Fahrstunden zur Prüfung anmelden. Aber dann „entdeckte“ er, dass ich erst im August 18 wurde und da wurde es nix mit der Fahrprüfung – ich musste pausieren.

Ich durfte erneut das Pensum von 9 Fahrstunden erfüllen und dann bestand ich Anfang Juli die Fahrprüfung mit noch nicht ganz 18 Jahren. Deshalb sollte ich vier Wochen warten, bis ich den Führerschein zu meinem Geburtstag ausgehändigt bekäme. Es gab nur einen Haken: Zu meinem Geburtstag war ich mit meinen Eltern auf Sylt.

Ein Onkel arbeitete damals im städtischen Straßenverkehrsamt und konnte mir einen vorläufigen Ersatzführerschein ausstellen, so dass ich im Urlaub zumindest eine Fahrerlaubnis hatte.

Gemeinsam wollten wir uns dann auf Sylt einen Pkw leihen. Nachdem uns nur noch ein VW-Cabriolet angeboten werden konnte, meine Mutter es aber ablehnte, ein Cabrio zu fahren – das kenne sie nicht und könne „so was“ nicht fahren – gab es nur noch die Möglichkeit, dass ICH dieses Cabrio fuhr: das erste Fahrzeug, das ich nach den Fahrschulkäfern in die Finger bekam.

Natürlich war es mit „Hasen-Sprit“ betankt – ich hoppelte vom Vermieterhof und sehe im Geiste noch heute den entsetzten Gesichtsausdruck der Vermieterin im Rückspiegel! Aber dann klappte es doch und wir genehmigten uns eine Tour über die ganze Insel, unfallfrei! Meine Mutter wagte sich überhaupt nicht ans Steuer. Autofahren wurde nie ihre Welt.

Wieder zuhause bekam ich natürlich meinen richtigen Führerschein und mein Vater hatte inzwischen einen VW-Käfer für seine fahrenden Damen vor der Tür stehen. Ich durfte auch gleich damit losfahren, besuchte meine Lehrfirma und parkte dafür auf dem großen Parkplatz an der neuen

Stadtverwaltung. Als ich dort wieder losfahren wollte, schaffte es die linke Seite der Stoßstange, sich im nachbarlichen Pkw festzukrallen. Ich bekam meinen VW nicht mehr los, ohne den anderen Pkw zu beschädigen!

Als ich so hilflos vor den Pkws stand, bekam eine Hochzeitsgesellschaft mein Problem mit und der Bräutigam hob meinen VW aus der Umarmung der nachbarlichen Stoßstange, ein Tritt gegen die unwillige Stoßstange meines Pkw und es war nichts mehr zu sehen. Ich brauchte nicht mal zuhause zu beichten, was ich fabriziert hatte.

Zwei Wochen später hatte auch meine Mutter ihre erste Fahrt in ihrem Käfer unternommen und berichtete prompt, dass sie mit der rechten Seite der Stoßstange auf einem Parkplatz bei einem nachbarlich geparkten Pkw hängen geblieben war und sie verbogen hätte.

Ich konnte nicht anders, ich musste schrecklich lachen, gestand, dass mir das gleiche Malheur mit der linken Seite der Stoßstange passiert war und damit war die Sache aus der Welt.

Ich verstehe es

Es dauerte bis 1980, dass ich endlich einen eigenen Pkw besaß, bis dahin fuhr ich nur mit dem Familien-Pkw. Aber die ganzen Jahre bis heute habe ich keinen Unfall in meiner langen Fahrpraxis verursacht und ich bin keineswegs eine bedächtig und übervorsichtig fahrende Frau. Ich fahren umsichtig vorausschauend und wenn der Verkehr es erlaubte, probiere ich es auch gern mal, die Kapazität des jeweiligen Autos auszufahren, bei 139 PS war die mögliche Spitzengeschwindigkeit gut 220 km/h: Einmal schaffte ich es, in anderthalb Stunden von Osnabrück nach Emden, um die morgendliche Acht-Uhr-Fähre noch zu erreichen – mit meinem schlafenden Mann auf dem Beifahrersitz.

Damals war der Ostfriesenspieß – die A31 - gerade erst fertig und noch wenig genutzt. Es war knapp, aber der Kapitän der Fähre hat auf Wunsch meines Mannes ausdrücklich auf mich gewartet, bis ich den Wagen für den Urlaub geparkt hatte, das Schiff legte eine gute viertel Stunde später ab.

Kürzlich überraschte mich meine Enkeltochter mit der Botschaft, dass sie schon in Kürze ein Auslandsjahr in Südamerika antreten werde. Eigentlich ist das großartig, ich freue mich über ihre Willensstärke und ihren Mut, sich in einem fernen, fremden Land ein Jahr lang zurechtzufinden. Aber dann nahm ein großer Schmerz Raum ein, wie ich selbst dieses Jahr überstehen würde – wie kann ich nur mit meinem geliebten Enkelkind in Verbindung bleiben über eine so weite Distanz hinweg?

Die rettende Idee war das Internet. Und das ist ganz und gar kein Exklusivclub nur für die junge Generation – auch für unsere Ältere hält die digitale Welt viele Vorteile parat. Doch da es sehr mühsam sein kann, sich im hohen Alter noch damit zu beschäftigen wie ein „Smartphone" funktioniert, wie ein „Tablet" zu bedienen ist und was eigentlich eine „App" ist, bleiben wir im weltweiten Netz meist unterrepräsentiert. Meine Enkelin hat mir einen Laptop Computer empfohlen [*WM: Produktbezeichnung gelöscht*]. Ich gebe zu, sie musste mir ein paarmal zeigen, wie ich es bediene und wo ich meine Daten finde, aber binnen kürzester Zeit konnte ich schon Emails schreiben, im Internet nach den

neusten Südamerika-Infos suchen, Videos und Bilder von ihr anschauen und sogar Videoanrufe über mein vielseitiges Gerät tätigen.
Der Akku hält stolze 12 Stunden lang. Praktisch für mich, da ich den Stromstecker meist vergesse, wenn ich meine elektronische Post lieber im Park erledige oder auch mal von einem Café aus. Interessant finde ich die „Touch-Steuerung", da tippe ich einfach mit dem Zeigefinger auf die Bildschirmoberfläche, um eine Anwendung zu öffnen oder eine gewünschte Information zu erhalten.

Mein persönliches Fazit: Diese Computer [*WM: Produktbezeichnung gelöscht*] hat mir die digitale Welt erschlossen und nun kann ich es kaum noch erwarten, bis ich meine Enkelin das nächste Mal per Videotelefonat zu Gesicht bekomme. Wer hätte früher gedacht, was technisch heute alles möglich sein wird – irre! Ich bin sehr froh, dass ich mit meinen 72 noch diese wunderbare digitale Welt bereisen darf...

Ich darf es

Jana steht in der Diele und betrachtet sich lächelnd im Spiegel. Sie findet sich sehr hübsch in ihrem lila Minikleid und den schwarzen Lackstiefeln an ihren langen schlanken Beinen.

Es macht ihr überhaupt nichts aus, wenn Andere manchmal über sie tuscheln oder sie schräg ansehen. Bei dem Gdanken, dass sie einmal so werden könnte graust es ihr.

Mit ihrem Aussehen sehr zufrieden, verläßt sie ihre Wohnung um Bekannte zu treffen und sich etwas zum „Aufmuntern" zu besorgen.
Da an den üblichen Treffpunkten überhaupt nichts los ist, beschließt sie, bei Fred vorbei zu schauen. Normalerweise gibt es bei ihm immer etwas für die Nase.

Obwohl schon die Rollos unten sind, klingelt sie an der Haustür.
Nachdem sie die Treppe zu Fred´s Wohnung hinaufgestiegen ist, erwartet sie sein Freund Jo an der Tür. Sie mag Jo überhaupt nicht, und kann nicht verstehen, was Fred an ihm findet.
Da sie aber dringend Nachschub braucht, ist sie bereit, Jo´s Anwesenheit hinzunehmen und Fred trotzdem nach Stoff zu fragen.

Wie immer enttäuscht dieser sie nicht.
Weil Fred behauptet, das sei hervorragende Ware, verlangt er von ihr diesmal als Bezahlung aber einen Dreier gemeinsam mit Jo.

Nur weil er sieht, wie dringend sie etwas braucht, hat er sich überhaupt getraut, das von ihr zu verlangen. Normalerweise geht sie noch nicht so freimütig mit ihrer Gunst um. Mit Fred ist das etwas anderes und zudem nichts neues.

Nach mehreren Lines fällt es ihr auch nicht mehr wirklich schwer, diese Art der Bezahlung ausnahmsweise einmal zu akzeptieren.

Diese Frage lässt stutzen. Muss man es denn wissen, wann der Sonntag beginnt? Das kirchliche Gebot der Sonntagsruhe setzt mit dem Abendläuten der Kirchenglocken am Sonnabend ein. Die aktuelle Polizeistundenregelung in Sachsen kennt nur noch den Begriff der Nachtruhe von 22 bis 6 Uhr. Jedoch keine Verbote oder Gebote, bis auf die neuerdings wieder aufgekommene Diskussion zu den Ladenöffnungszeiten.

Auch unsere Vorfahren hatten da so ihre Probleme. Zwar hatte die Stadt Radeberg eine Polizeistundenregelung, doch die besagte nur, dass um 2 Uhr des Nachts Schluss jeder Veranstaltung ist. Bei Tanzveranstaltungen wurde dies im Prinzip immer stillschweigend übertreten, es gab ja keinen Kläger. Und wenn man nicht klagt, braucht man auch keinen Richter. Dies sollte sich im Jahre 1903 in Radeberg ändern.
„Josef Köhler, Friedrich Grothe und Consorten“, so der Polizeieintrag, spielten in der Gaststätte „Lindenhof“ noch um 4.37 Uhr Billard. So die Aufzeichnung des Gendarms Ganßauge als dieser an dem frühen Sonntagmorgen des 1. März 1903 seinen Rundgang machte. Er verbot das Spielen sofort und verwies die beteiligten acht Personen auf den Heimweg. Dann reichte er über die Stadt die Zahlung eines Bußgeldes gegen die Billardspieler und den Gastwirt ein.

Verzichte es

Vor dem Radeberger Schöffengericht drängten die Betroffenen „auf Entscheid" und verwiesen auf die Stadtordnung. In dieser stand geschrieben: „Der Sonntag beginnt mit dem Gottesdienst". Nach Meinung der nunmehrigen Kläger „wäre es aber in Radeberg üblich frühestens 5.30 Uhr Gottesdienst, gewöhnlich aber 9 Uhr, zu halten". Diese Sicht ließ dem Amtsgericht „den Freispruch bedenken". Doch ob der recht eigenartigen Rechtslage ging ein Gesuch an das Deutsche Reichsgericht. Dies entschied „Der Sonntag beginnt 0 Uhr!"
Die Billardspieler brauchten dennoch kein Bußgeld zu zahlen, „die Rechtslage ließe zu viele Auslegungen zu", entschied Radebergs Stadtrat. Doch nun wurde das Polizeistundengesetz revidiert, ein Radeberger Gastwirt hatte in „keiner Form das Übertreten der Polizeistunde zu dulden. Das letzte Ausschenken von Bier etc. muss eine Viertelstunde vor Ultimo erfolgen".
Dennoch waren Übertretungen nicht aufzuhalten, jedoch hatte dadurch die städtische Bußgeldkasse eine gute Einnahmequelle.

Eines Tages war der alte Joko alleine zuhause, während die Familie auf dem Feld arbeitete. Joko sollte das Haus hüten und ein kleines Fladenbrot backen. Als das Fladenbrot fertig war, kam sein Vetter aus dem Nachbardorf. Der Vetter erzählte Joko alle Neuigkeiten, wobei er ständig nach dem Fladenbrot schielte. Joko wußte dass im Nachbardorf die Ernte noch schlechter ausgefallen war. Schweren Herzens fragte er seinen Vetter, ob dieser ein Stück Brot wolle. Dieser nickte eifrig und als Joko das Brot auf den Tisch legte, brach der Vetter es in 2 Teile und aß dann beide gierig auf. Er bemerkte wohl die ensetzten Blicke Jokos und verabschiedete sich daher schnell.

Joko überlegte und dann fiel ihm ein, dass sich noch ein kleiner Rest Maisgries im Haus befand. Damit kochte er in einem irdenen Topf Mais, stellte ihn vor der Tür auf einen Sockel, ohne an das freilaufende Hausschwein zu denken. Das Hausschwein war auch hungrig und schnüffelte überall herum, entdeckte so den Topf mit dem heißen Maisbrei. Schon hatte es seine Schnauze in den Topf gesteckt und sich dabei verbrannt. Es konnte aber seinen Kopf nicht mehr herauziehen und so rannte das Schwein mit dem Topf über den Kopf laut quiekend los, zerbrach dabei den Topf und verschwand. Der entsetzte Joko flüchtete ebenfalls, um den Zorn der Familie zu entgehen.

hinter ihr stand ein junger Mann , der fast wie ihr Freund aussah .
Erschrocken hielt sie den Atem an und fragte ganz leise;" Wer bist Du ?"
Ihre Stimme erstarb zu einem heiserem Flüstern .
Lächelnd schaute sie der Mann an und antwortete; Sind Namen nicht Schall und Rauch....
Du bist wunderschön und siehst aus , wie jemand , den ich vor langer Zeit einmal gekannt habe!! Vorsichtig streckte er die Hand aus , fasste in ihre langen roten Locken , drehte eine Locke um seinen Finger und seufzte leise auf .
Ganz stille hielt das Mädchen , sie wollte diesen Augenblick nicht zerstören . Seine Finger streichelten über ihre Wange , ein seltsames Gefühl breitete sich in ihrem Inneren aus ,
sie konnte sich nicht erklären , woher es kam ,
ihr Herz schlug ganz schnell und ein Kribbeln durchzog den Körper...
Noch mal fragte sie ganz heiser; " Wer bist Du , woher kommst Du ?"

Wer ist da?

Dann geriet ihre Stimme ins stocken , sie stotterte " Du bist doch nicht etwa ein Geist ?"....
Als sie dieses Wort aussprach , fing sie an zu zittern , denn sie hatte große Angst ,
dass er nicht real sein könnte ....
Wieder traf sie ein Lächeln des jungen Mannes , voller Wärme , wie der heißeste Sonnenstrahl .
Nein , sagte er;" Ein Geist bin ich ganz sicher nicht , ich beobachte Dich schon seit Du das U-Boot betreten hast , denn ich dachte , Du bist jenes Mädchen , dass ich einmal kannte...
Das Du einmal kanntest ,fragte das Mädchen , kennst Du es denn jetzt nicht mehr ?".....
Das helle Strahlen verschwand aus seinen Augen und tiefe Trauer machte sich darin breit .
Leise sagte er :" Sie lebt nicht mehr , sie kam bei einem tragischen Unfall ums Leben ,
ich habe es bis Heute nicht richtig überwunden , ich liebte sie mehr als mein Leben ....
Dann fasste er in seine Brusttasche und holte ein Bild hervor , liebevoll schaute er darauf ,
sah das Mädchen dann mit dem gleichen Ausdruck in den Augen an und flüsterte;
schau es einmal an !!
Sie konnte die Worte kaum verstehen , so leise sprach er sie aus , sie fürchtete ,
dass seine Stimme jeden Moment brechen würde.
Zaghaft nahm das Mädchen , dass Bild in ihre zitternden Hände , ein Schwindel überfiel sie ,
denn sie sah ihr eigenes Gesicht , dass konnte doch nicht sein ...
Nein ..Nein ..hämmerte es in ihrem Kopf .. was passiert hier mit mir ...
Schweißtropfen sammelten sich auf ihrer Stirn , ihr Blick löste sich von dem Bild ,
irrte verloren durch den Raum ....
Dann nahm sie plötzlich ein helles Leuchten um sich wahr ,

Kreise drehten sich in glänzenden Spiralen ,
immer schneller , sie hatte Angst , dass sie umfallen würde ,
dann fühlte sie unter ihren Füssen ein wogen ...
Der Boden bewegte sich und sie hörte das Rauschen des Meeres ,
fühlte den Wind auf ihrem Gesicht....
Kälte drang in ihren Körper und sie befand sich auf einem Schiff
... Leute gingen an der Reling spazieren , sie sprach sie an , fragte wo sie sich befindet ,
aber niemand gab ihr eine Antwort... die Leute konnten sie nicht sehen...
Da kam eine Gestalt auf sie zu , die aussah , wie sie selber , nur das sie altmodische Kleidung trug ,
wie die Leute vor über 100 Jahren ....
aber , dass kann nicht sein....

Es war das Mädchen , welches sie auf dem Bild gesehen hatte ,
dessen Bild sie noch immer in den Händen hielt ...
Wieso sah dieses Mädchen aus wie sie selbst..
Sie musste dieses Rätsel lösen und wie ein Schatten folgte sie dem Mädchen über das Schiff.....

Unser Rätsel

in Mädchen, dass gerade mit ihrem Freund Schluss hatte, begab sich auf eine Reise ans Meer. Da sie noch von ihrer Krankheit gezeichnet war, fuhr sie mit einer Freundin an die Ostsee, auf die wunderschöne Insel Usedom. Die Fahrt war schon ein großes Abenteuer, da die Autobahnen im früheren Osten, in vielen Bereichen ausgebaut wurde.

So fuhren sie von einem Stau, in den nächsten. Nach langer fast Elfstündiger Fahrt, hatten sie endlich ihr Ziel erreicht, da es aber schon sehr spät war, schauten sie sich im Ort erstmal ein wenig um, sahen sich den langen Sandstrand an, an dem sie viel und oft ausruhen wollten. Oh, wie schön war doch dieser lange weiße Strand, der Himmel hatte schon eine rötliche Farbe angenommen, über dem Meer ging langsam die Sonne unter und die Möwen kreischten über ihren Köpfen. Viele Leute gingen noch am Strand spazieren, gleich am nächsten Morgen wollten sie sich eine Karte besorgen, um zu sehen, was es an Sehenswürdigkeiten auf dieser Insel gab.

Nach dem Frühstück machten sie sich auf den Weg, holten sich im Laden eine Karte und studierten sie gleich. Sie entdeckten auf der Karte einen Ort mit Namen Peenemünde, da sollte es ein Museum geben, in dem der Untergang der Titanic nachgestellt war. Das erweckte gleich das Interesse der beiden Mädchen, da mussten sie unbedingt hin, dass wollten sie sich als erstes ansehen.
Also setzten sie sich ins Auto und fuhren da hin. Sie staunten nicht schlecht, denn es gab sehr viel zu sehen und sie gingen zuerst hinunter zum Hafen, wo ein großes U-boot zu einer Besichtigungstour einlud. Schnell kauften sie sich Karten, gingen über einen schmalen Eisensteg auf das Boot.
Plötzlich blieb das Mädchen stehen ,drehte sich um, schaute ihre Freundin mit großen Augen und ganz blassem Gesicht an.
Die Freundin fragte; Was ist mit Dir...hast Du einen Geist gesehen...Du bist ganz blass geworden ?

Das Mädchen antwortete; Oh, ich dachte, ich hätte meinen Freund gesehen, aber es war wohl nur eine Einbildung!!
Die Freundin lachte; ihr seit doch nicht mehr zusammen, warum sollte er dann hier sein ?
Weil dieses unsere Reise sein sollte! sagte das Mädchen, mit ganz traurigem Blick.
Vergiss ihn, sagte die Freundin; er will nichts mehr von Dir wissen und jetzt komm, lass uns weiter gehen!

So betraten sie das U-boot, in dem es sehr eng war, wo sie durch runde Löcher kriechen mussten, um von einem Teil ins nächste zu kommen. Als sie ungefähr in der Mitte angekommen waren, fühlte das Mädchen einen sanften Hauch in ihrem Nacken, sie drehte sich abermals um, nichts war zu sehen, niemand außer ihr und ihrer Freundin.
Eine Gänsehaut überzog ihren Körper, sie schüttelte sich leicht, ging dann aber weiter, hinter ihrer Freundin hinterher. Kurz vor dem Ausgang, hatte sie wieder ein sonderbares Gefühl, drehte sich noch mal um, niemand war zu sehen, obwohl sie genau spürte, dass sie jemand beobachtete. Dann ging es zum Ausgang, sie musste eine steile Treppe hinauf, da rutschte sie auf der Vorletzten Stufe ab, sah sich schon hinunterfallen, aber seltsam, ihr war, als ob sie jemand von hinten leicht nach oben drückte, ganz deutlich fühlte sie die Hände, die sie leicht nach oben schoben.

Falle hin

Sie erzählte es ihrer Freundin, die aber nur den Kopf schüttelte und dann sagte;
Du leidest an Halluzinationen, da ist, und da war niemand, hör jetzt endlich auf immer an Deinen
verflossenen zu denken, lass uns lieber unseren Urlaub genießen und denk nicht, er stände hier irgendwo, das ist doch Unsinn. Auch wenn ihr euch so sehr geliebt habt, er hat dich sicher schon lange vergessen, dass solltest du jetzt auch endlich machen!!

Sie schlenderten weiter zum Museum der Titanic. Vor dem Museum war ein winziges Boot ausgestellt, mit dem man die Titanic untersucht hatte. Fasziniert sahen sich die beiden Mädchen alles an, gingen zum Eingang, kauften sich Eintrittskarten und betraten das Museum. Im Museum selber war es sehr dunkel, überall an den Decken blitzten kleine Lämpchen, so bekam man das richtige Feeling und meinte man befände sich unter Wasser. Viele einzelne Stücke die man aus der Titanic geborgen hatte, lagen in den beleuchteten Vitrinen, zu jedem Stück erzählten die Überlebenden eine kleine Geschichte, die man man von einem Tonband hörte. Beide Mädchen waren total fasziniert von dem was sie sahen und hörten, bis das Mädchen sich wieder umdrehte, weil sie ganz nahe an ihrem Ohr einen Seufzer vernommen hatte. Wieder war nichts zu sehen, sie dachte seltsam, dieses komische Gefühl, ich werde es nicht los, was ist nur mit mir, dann schüttelte sie den Kopf und folgte der Freundin in den nächsten Raum.

Als sie in dem Raum ankam, war von ihrer Freundin nichts mehr zu sehen, sie befand sich ganz alleine, in dem dämmerigen Raum. An der Wand waren große Bilder aufgehängt, die jede einzelne Szene des Untergangs beschrieben.

Wie schwer es ist zu schreiben von Tagen die vergangen sind. Von Tagen voller Grauen und Angst.
In welcher Welt lebt unsere Generation? Unsere Großeltern und Eltern haben den zweiten Weltkrieg erlebt. Ich war noch ein Kind und trotzdem

erinnere ich mich noch immer an die Zeit der Angst. Sie haben Hunger und Vertreibung erlebt, es war schlimm, aber sie haben irgendwie überlebt. Nicht Alle, denn es waren ja viele Milionen Menschen die das Leben verloren haben.

Jetzt aber ist Frieden, aber wo ist er ?? der Frieden wenn solche Attentäter frei herumlaufen können.
Diese Tage haben wir, durch die Berichte der Medien, miterlebt. Diese Bilder der Ohnmacht der Opfer, vor den Konzertsaal und anderen Orten der Grauen- taten, bekommt man nicht aus dem Kopf.
Sie haben die jungen Menschen hingerichtet ohne mit der Wimper zu zucken. Und das im Namen von Allah. Viele Moslems der Welt haben es verurteilt, aber was nützt es denen die in solcher Form gestorben sind? Was können wir tun die einfachen Bürger dieser Welt, Was? Und doch kann man einen Widerstand leisten, die alle Menschen auf dieser Welt vereinen im Kampf, um diesen Menschen keine Waffen Zuliefern. Wer tut es überhaupt und wie bekommen sie die Waffen. Solange es Menschen gibt die aus Geldgier solche gefährlichen Leuten Waffen liefern, wird sich nichts ändern.

So appelliere ich an alle unsere User, schreibt immer und immer wieder von diesen Akten der Gewalt und vielleicht wird die Welt uns erhören. Alle Politiker dieser Welt müssen dieser Gewalt ein Ende bereiten.

Schluss damit

In der letzten Nacht hatte ich kaum geschlafen. Ich hatte Schmerzen, wusste nicht wie ich meine Beine am bequemsten lagern konnte und meine starken Schmerztabeletten waren mir ausgegangen.

Am nächsten Tag rief ich bei meinem Arzt an, wollte mir meine Tabletten verschreiben lassen. Die Sprechstundenhilfe fragte mich, ob ich nicht erst zum Doktor wolle, zufällig hatte ein Patient seinen Termin abgesagt.
Ich schilderte dem Arzt meine Probleme und sagte zum Schluß : ich will endlich mal wieder richtig schlafen. Mein Arzt untersuchte mich, gab mir eine Spritze in die Wirbelsäule und stellte mir ein Rezept aus.

Hoffnungsvoll machte ich mich auf dem Heimweg, aber die Schmezen waren noch da, also nahm ich eine Tablette. Am Abend sah ich fern, nichts aufregendes was mich am Einschlafen hindern könnte, aber die Schmerzen waren noch da.Schließlich nahm ich ein Mittel zum Einschlafen und eine weitere Schmerztablette , aber anderthalb Stunden später war ich wieder wach.

Nun ging ich an meinen Laptop, surfte ein wenig im Internet. Der Schlaf wollte nicht kommen und ich hatte Schmerzen, Jetzt machte ich den Fernseher an und schaute mir auf ZDF Kultur eine alte Musiksendung an. Ich hatte Schmerzen und der Schlaf wollte nicht kommen. Die Musiksendung fand ich bald langweilig und ich machte das Radio an. Gegen Morgen schlief ich ein und wachte erst bei den 8Uhr Nachrichten auf.

Etwas benommen stand ich auf, machte mir einen starken Kaffee, stellte fest dass meine Schmerzen nachgelassen hatten, sah aus dem Fenster und beschloß mir heute einen schönen Tag zu machen.

Vor über 90 Jahren, im Mai 1922 trug sich in Großerkmannsdorf eine lustige Geschichte zu, bei der ein Schwein im Mittelpunkt stand. Wie es damals auch üblich war, gab es Schlachtklubs. Das waren vor allem Arbeiter, die gemeinsam für ein Schwein sorgten. Bei einem Bauern mit untergebracht, wurde es mit den vorbei gebrachten Essensresten und kleinen und größeren Futterportionen heran gemästet. Endlich war es soweit. Für den 17. Mai war das „Aktienschlachten" des Schlachtklubs angesetzt. „Aktienschlachten" deshalb, weil nach den Futteranteilen nach dem Schlachten das Fleisch und die Wurst verteilt wurde. Zwei Klubmitglieder kümmerten sich um den Transport des Schweines, die anderen sollten ja erst am zeitigen Abend dazu stoßen, wenn die Arbeit beendet war. Schon am Vormittag holte man das vier Zentner schwere Borstentier ab und brachte es zum „Erbgericht". Der Fleischer war noch nicht da und so entschied man, dem Schwein auf dem Hof noch einige Minuten Freiheit zu gönnen. Das Tor wurde geschlossen und mit dem Gastwirt ging man hinein. Es werden wohl einige Bier und Schnäpse gewesen sein, die man auf das kommende Ereignis trank. Als die beiden „Aufpasser" nach etwa einer Stunde hinausgingen, war das Schwein weg. Schnell geriet man in Panik. Was würden die Kollegen sagen?

Esse mit mir

Der Gastwirt konnte sich nicht vorstellen, was passiert ist. Was nun? „Auf jeden Fall müssen wir uns erst einmal im Dorf umsehen“, wurde entschieden. Und so zog man hoch und hinunter, wieder war fast eine halbe Stunde vergangen. Das Schwein war nicht aufzufinden, niemand hatte es gesehen. Sollte etwa der Gastwirt doch das gemästete Schwein beiseitegeschafft haben? Man konnte es sich eigentlich nicht vorstellen. Aber nun kamen nach und nach weitere Klubmitglieder und so entschied man Radebergs Polizei samt Polizeihund zu holen. Nach einer weiteren Stunde waren die angeforderten Gesetzeshüter vor Ort. Erste Befragungen begannen und der Polizeihund sollte die Spur aufnehmen. Das Ereignis hatte sich im Ort herumgesprochen, immer mehr Zuschauer kamen samt Kind und Kegel. Die wildesten Verdächtigungen und Gerüchte kamen auf. Eines der Kinder hatte seinen Ball mitgebracht. Selbstvergessen und vom eigentlichen Anliegen nichts weiter wahrnehmend, spielte es mit dem Ball. Als er einem Zuschauer vor den Fuß sprang, trat dieser dagegen. Der Ball flog auf den am Kirschbaum großen, liegenden Reisighaufen. Der Junge kletterte hinauf und in diesem Moment bewegte sich der Haufen. Das Schwein kam hervor. Es hatte sich zu einem Schläfchen in den Haufen begeben. Allgemeines Gelächter und mancher dumme Spruch bestimmten nun das Geschehen. An diesem Tag wurde nicht mehr geschlachtet, man hatte genug bei Bier und Schnaps „auszuwerten“. Und Kosten obendrein, denn der Polizeieinsatz musste bezahlt werden.

Interessante Alltagsgeschichten bergen die im Radeberger Ratsarchiv vorhandenen Generalprotokolle in sich. So eine, in der es darum ging, was denn nun eigentlich wirklich passiert war.
Vom 12. Juli bis zum 15. August 1838 wurde in Radeberg das Rathaus erneuert. Ein an sich normaler Vorgang und dass dann der zuständige Baumeister Schmutzler die Rechnung zum Abschluss stellt, dürfte ebenso niemand wundern. Das Ratsmitglied Carl C. Knobloch zeichnete die Rechnung als sachlich richtig und der Kämmerer Hartmann wies das Geld vom Prinzip her an. Sieben Tage nach dem Vorgang wollte der Revisor Donath wissen, wo denn der Maurer Zeidler am 18. Juli, am 26. Juli, am 2.

bis 6. August und am 11. August war. Seiner Wahrnehmung nach habe Zeidler u. a. in der Wohnung des Kämmerers Hartmann, in der Wohnung des Kanoniers Hartmann junior und beim Nachbarn gearbeitet. J. C. Schmutzler habe aber diese Arbeiten so in Rechnung gestellt als „sei dies auf Kosten der Commune geschehen".

Der Baumeister wurde zur Rede gestellt. „Bei Hartmann habe der Sturm die Dachrinne abgerissen. Das Regenwasser liefe ins Haus und mache Schaden, sei ihm mitgeteilt worden". Das Ratsmitglied Knobloch hätte gebarmt „es ist kein guter Maurer zu bekommen". „Da habe ich", so Schmutzler, angeordnet „nur einen Stein einkitten zu lassen. So etwas geschehe in nicht mal einer Stunde und das sei ja nun nicht der Rede wert."

Ich will nicht

Wegen einer kurzfristigen Handlangerarbeit müsse man nicht die ganze Rechnung korrigieren, war des Baumeisters Meinung. „Die Stadt kann ja Hartmann die Stunde in Rechnung stellen. Und im Übrigen soll die Stadt ihm den Bauherren zeigen, dem so etwas noch nicht passiert sei“. Fast war man geneigt die Sache auf sich beruhen zu lassen. Doch der Revisor war hartnäckiger als gedacht. Hinterher sagte man über ihn, der hat sich ja nur so gehabt, weil bei ihm die „geringe Arbeit im Treppenhause abgelehnt worden war“. Jedenfalls wollte Donath wissen, wo der Maurer Zeidler die anderen Tage war. Zeidler wurde im Beisein seines Arbeitsherrn zur Aussprache bestellt und druckste herum. Als er jedoch mit Kündigung bedroht wurde, gab er an, die Küche der Ehefrau des Kanoniers Hartmann junior geweißt zu haben. Die Ortsbesichtigung ergab, die Küche war tatsächlich geweißt worden. Nun war aber die Frage, warum eine Arbeit, die in einem halben Tag erledigt sein kann, weitere vier Tage in Anspruch nahm.
Unter Tränen beichtete nach einigem Hin und Her die Ehefrau was tatsächlich geschehen war. „Zeidler ist mir auch in anderen Sachen zur Hand gegangen“, offenbarte sie sich. So waren beide im Hüttertal Holz zur Feuerung holen und auch die Scheune und der dazugehörige Schuppen im Hofegrund musste repariert werden. Die Vermutung einer direkten Liebesbeziehung stand zwar im Raum, doch beide leugneten standhaft. Peinlich war die Sache nun schon genug.
Schmutzler stellte eine neue Rechnung. „In der anderen Rechnung habe ich bloß Ausversehen die Tage in Rechnung gesetzt“, begründete der Baumeister seine neue Rechnungslegung für die Akten. Was alles tatsächlich passiert war, blieb weitestgehend im Dunkeln. Doch Radebergs Einwohner hatten bestimmt ihren Klatsch und Tratsch.

Die Blätter werden bunt, die Bäume haben verschiedene Schattierungen bekommen. Es wird Herbst und die Welt der Farben hat in der Natur Einzug gehalten. Ein bekanntes Herbstlied unterstreicht dieses wunderschöne Ereignis.
Der Herbst steht auf der Leiter und malt die Blätter an, ein lustiger

Waldarbeiter,ein froher Malersmann. Er macht das wirklich gut und die Natur dankt es durch viel Strahlkraft.

Richtig gespenstisch sieht es manchmal aus, wenn Nebelschwaden durch die Bäume ziehen. Aber dieser Frühnebel ist gut für das Pilzwachstum. Der Herbst ist eine tolle Jahreszeit. Wir sind jetzt viel im Wald und wandern dort. Der dichte Teppich aus Moos gefällt uns besonders gut, weil man das Gefühl hat über den Waldboden zu schweben, weil es so schön weich ist. Es gibt auch Vieles, was man im Wald beobachten kann. Manchmal sind es
die fleißigen Baumeister, die große Berge von Kiefernnadeln zusammentragen.
Sie sind ganz klein, aber sehr fleißig, wie Ameisen eben so sind.
Ein anderes Mal treffen wir Damwild, das über den Waldweg springt oder auch ganz frech Steinpilzköpfe nascht. Was ist das denn für eine Eßkultur, nur das Beste wird gegessen, so ein verwöhntes Volk, diese Waldbewohner. Ja, das haben wir alles beobachtet. Zuerst wollten wir es nicht glauben, doch dann als wir am Wegrand gekommen sind, haben wir bemerkt, es ist kein Irrtum gewesen. Die Steinpilze waren alle kopflos und die Stiele standen einfach nur traurig herum. Na so was, wer hätte gedacht, daß es außer uns noch andere Feinschmecker gibt. Unbeirrt marschieren wir in unseren Gummistiefeln, die wir wegen der Zecken im Wald immer anziehen, weiter.

Die Worte

Leise sind wir unterwegs und stellen dabei fest, wie mühsam sich so mancher Pilz aus dem Erdreich quält, der Pilzkopf steckt manchmal zwischen festem
Wurzelgeflecht und auf dem Kopf liegt noch die dicke Sandschicht.
Es sieht aus, als hätte es einen Knall gegeben in der Nacht und plötzlich ist ein Steinpilz am Wegrand gewachsen.
Keiner kann beweisen, das es nicht so ist, denn nachts bin ich noch nie im Wald gewesen. Also will ich jetzt nicht weiter darüber spekulieren.
Hier auf dem folgenden Bild jedenfalls sieht es so aus, ist so ein „Knallpilz" zu sehen, sogar mit Verstärkung.

Meine Gedanken gehen jetzt zurück zum Sommer in diesem Jahr. Trocken ist er gewesen mit Temperaturen von 30 und mehr.
Diese Zeit haben wir nur deshalb gut überstanden, weil wir gleich nach dem Aufstehen, noch vor dem Frühstück, in einen großen See gesprungen sind,
der in unserer Nähe ist.
Abgekühlt und frisch haben wir dann unsere Semmel genußvoll verspeist, das Wichtigste eingekauft und alle Zimmer verdunkelt.
Den Tag am PC, mit einem Buch oder anderen Sachen verbracht, wo man sich wenig bewegen mußte.
Endlich waren die heißen Tage vorbei, der Herbst zeigte sich langsam und Regen setzte ein. Sozusagen im richtigen Moment für die Pilzsaison.
Mit Pilzkorb, Messer und Pilzpinsel, der zur Säuberung der exklusiven „Waldbewohner" gleich im Wald verwendet wird, haben wir unseren Pilzmarsch in den Wald begonnen.
Das Glück hat sich schon nach wenigen Metern gezeigt, ein Steinpilz, mitten
auf dem Weg. Er sieht aus wie ein „Knallpilz", den wir vor einiger Zeit schon mal entdeckt haben. Unbeeindruckt von diesem Fund schauen wir weiterhin nach links und rechts, damit wir diese eßbaren Waldbewohner finden können.
Ein Blick in die Schonung neben dem Waldweg bringen die Augen von meinem

Mann zum Leuchten. „Warte, warte!“ ruft er, jetzt hole ich den leckersten Pilz, den wir je gefunden haben und robbt sofort auf allen Vieren los.

Nach kurzer Zeit kommt er leichenblaß zurück. Atemlos und völlig durcheinander klebt sein Blick an der Schonung. Er kann mir nicht erklären,
was passiert ist. Ihm hat es sozusagen die Stimme verschlagen, aber den wunderbaren Pilz hält er ganz fest.
Flüsternd frage ich, „Was ist denn los, wen hast du denn da drin getroffen?“
Er schweigt und schweigt, bis er dann endlich seine Sprache wiederfindet und mir erzählt, was er in dem Dickicht erlebt hat.
„Du wirst es mir kaum glauben“, hat er begonnen und wieder tief Luft geholt und mich angesehen. „ Ja, sag schon, was ist denn los?“
Langsam werde ich ungeduldig.

Was soll das

„Direkt hinter diesem tollen Steinpilz haben zwei Wildschweinkeiler ihren Mittagsschlaf gehalten. Durch das Knacksen der kleinen Zweige sind sie aufgewacht und haben mir direkt in die Augen gesehen. Verstehst du, so richtig Auge in Auge, das war irgendwie unheimlich."
Jetzt versehe ich alles und bin richtig froh, dass alles so gut ausgegangen ist in diesem Dickicht. Dieser Pilz hat sofort einen Ehrenplatz in dem Pilzkorb bekommen. Wir haben ihn immer wieder angeschaut und waren stolz
das wir ihn hatten, denn welcher „Waldbewohner" wird schon von Wildschweinen bewacht und dann doch erobert.

Vermutlich wird der Leser staunen, wenn er die Überschrift liest. Heißt es denn nicht „Das kommt aufs Kerbholz!" oder die bekanntere Redensart „Etwas auf dem Kerbholz haben"? Bei den Überlegungen haben alle recht und selbst die Überschrift hat ihre Berechtigung. Literaturkenner wissen, das ist ein Wort aus Schillers „Wallensteins Lager". Die Sentenz ist etwas länger: „Das kommt nicht aufs Kerbholz! Ich gebe es gern!" Frappierend ist, das Wort vom Kerbholz kennt eigentlich jeder, obwohl deren Alltagsgebrauch schon mindestens zweihundert Jahre eingestellt ist. Aber selbst die aktuellen Nachrichten verwenden oft noch das Wort „etwas auf dem Kerbholz haben". Meist geht es um juristische Angelegenheiten oder Polizeiberichte.

In unserer Gegend ist als Kuriosum das Kerbholz in Fischbach erwähnt. Der 1847 dort agierende Lehrer machte aus dem Kerbholz eine Strafzettel. Für jeden Schüler gab es ein solches Stück Holz. Wenn nun einer den Unterricht störte oder anderweitig ungezogen war, bekam er sein Kerbholz mit einer frischen Kerbe mit nach Hause. Wo es dann „ungebrannte Asche" gab, wie der Chronist vermerkt. Ungebrannte Asche ist eine seit dem 16. Jahrhundert bekannte Redensart für „Prügel mit einem Stock". Eine Erziehungsmethode, die ihrerseits seit den Zeiten der antiautoritären Erziehung in Wegfall kam.

Kerbhölzer hatten in der über 800-jährigen Geschichte unserer Dörfer und der Stadt Radeberg eine über 600 Jahre dauernde Tradition. Sie ersetzten die schriftlichen Aufzeichnungen und verhalfen selbst dem Analphabeten zum Begreifen der Dinge. Als Abrechnungszeichen hatten die Kerbhölzer verschiedene Formen, jedoch war ihnen immer eins gleich. Es waren zwei aneinanderpassende Stöcke, in denen gleiche Kerben geschnitten waren. Da jeder, Schuldner wie Gläubiger, ein solches Beweismittel hatten, war der einfache Betrug vom Prinzip her ausgeschlossen. Auf dem Lande dienten sie vor allem im Mühlengewerbe zur Abrechnung. Aber selbst als eine Art „Schuldschein“ wurden sie auch in der einfachen Warenbeziehung zwischen Dorf und Stadt benötigt.

Ihr wisst es

Die letzten Relikte des Kerbholzes gab es bis Mitte des 19. Jahrhunderts als Abrechnungszeichen zwischen den Brauereien und Gastwirten. Es waren dies zwei aneinanderpassende Holzteile. Den einen Teil mit dem Stempel der Brauerei behielt der Gastwirt, den anderen Teil mit dem Namen des Kunden behielt die Brauerei oder der Bierkutscher. Soviel Kunden, soviel Kerbhölzer hatte dann der Bierkutscher mit sich herumzutragen. Bei Ablieferung der halben Tonne Bier wurde eine neue Kerbe in die zusammengesetzten Hölzer geschnitten. Kam es zur Bezahlung, wurde die Kerbe meist mit Tinte geschwärzt. Bei einundzwanzig Kerben war das Holz voll und je nach Vertrag mussten dann mindestens achtzehn bezahlt werden. Der Rest waren die sogenannten Schenktonnen. Das Kerbholz wurde dann glatt geschnitten oder es kam zum Austausch eines neuen.

Im Sächsischen gab es noch einen weiteren Zusammenhang. Das Wort von der „Rapusche“ ist noch bekannt, dazu auch die Wendung „Es kommt in die Rapusche“. Vor dem Skat oder dem Karnöffelspiel war in der Mark Meißen auch das Kartenspiel „Rapusche“ aus dem Böhmischen bekannt. Und da beim Kartenspiel Geld auf dem Tisch des Wirtshauses eine Straftat war, nahm man „Kerbhölzer“. Im Rechtsgebrauch waren dann, dass die Schulden beim Mitspieler oder dem Wirt. Nahm der Wirt die Kerbhölzer dann an sich, um Beweise für die Schulden zu haben, kam es „in die Rapusche“. Es wurde zur Beute des Wirtes.

Zu den eher kuriosen Gründungen von Vereinen gehörte in Radeberg der über dreißig Jahre agierende Junggesellenverein „Immergrün“. 1888 gegründet hörte er mit dem Ende des ersten Weltkriegs auf zu existieren. Der Verein war ursprünglich von ehelosen Jungakademikern gegründet worden. Doch allmählich gewöhnte man sich in Radeberg an den Verein mit seinen vielen „aufreizenden Veranstaltungen“. Denn obwohl man gern Junggeselle war oder auch bleiben wollte, Veranstaltungen mit der holden Weiblichkeit galten als durchaus satzungskonform. Dieses hatte Radebergs Junggesellen sogar in höchster Instanz klären lassen, hatten doch zwei Vereinsmitglieder über die „Unerträglichkeit weiblichen

Parfüms“ geklagt. Denen wurde höchst richterlich beschieden, dass sie ja zu Hause bleiben bzw. nach Hause gehen könnten. In der Satzung gab es für Vergnügungsveranstaltungen keine Anwesenheitspflicht.
Im Frühjahr 1912, nach dem in aller Munde gewesenen „Junggesellenmaskenball“, musste der Verein handeln. Die Fastnachtsveranstaltung hatte zu achtzehn Austritten von Junggesellen geführt, die in den Tanznächten in die Hände Amors gefallen waren. Man sah sich in seiner Existenz bedroht. Zumindest die eingefleischten Junggesellen. Und so beschloss man einen neuen Vereinsspruch. „In der Ehe soll jeder nach seiner Fasson unglücklich werden“

„In der Ehe kann man nur unglücklich werden“ herüberkam. Gegendarstellung und Ehrenerklärungen machten die Runde. Dem Ganzen wurde dann die Krone aufgesetzt als man den Berliner Kabarettisten Wilhelm Cremer einlud. Mit seinem Programm „Aphorismen eines vorlauten Junggesellen“ traf er nicht nur den Nerv Radeberger Junggesellen. Auch manche Herrenrunde trug die „ehespöttischen Bemerkungen“ mit großer Erheiterung aber auch volksphilosophischem Gedankengut vor.
So wurde die Ehe mit dem Niagarafall verglichen. „Den soll man sich nur aus einer gewissen Entfernung ansehen, wer hineinfällt, ist verloren!“

Die Pflasche ist da

Kulturhistorisch wurde bisher wenig über die Angebote an Essen und Trinken im sogenannten öffentlichen Raum, d. h. in den Gaststätten und Kneipen Radebergs geschrieben. Dabei gehörte das „Schmausen" zu den Attraktionen zwischen der Gewerbefreiheit 1863 und dem einsetzenden Mangel, kriegsbedingt im Jahre 1914. Das Schmausen im vorweihnachtlichen Zeitraum war eng verbunden mit den Begriffen des Genießens oder gar des Schlemmens. In Radeberg und der Umgebung war permanenter Bestandteil des Essens der Genuss von Bier. Und trotz oder vielleicht auch wegen der zunehmenden Dominanz des Radeberger Bieres wurden in Radeberg Kulmbacher, Münchner, Pilsner aus Böhmen und Biere aus kleinen Brauereien angeboten. Damit erreichte man für einige Tage ein sogenanntes Alleinstellungsmerkmal und quasi eine Art „Stammkundschaft".

Unmittelbar nach Martini ging es los. In der ersten Zeit bis zum 2. Advent dominierten Wildangebote. So war eben um 1890 das Wildkaninchen mit Kartoffelbrei und Rotkohl an elf Stellen in Radeberg zu haben. Gefolgt von der Rehkeule und den Rehblättern (Rehschulter). Und dazu immer Kartoffeln, entsprechende Soßen. Wacholderbeeren, Preiselbeeren und Johannisbeergelee verfeinerten den Geschmack. In Rassers Restaurant verwendete man Speiseöl aus Nizza, wie es überhaupt nach 1900 Mode wurde, Wild eher in mediterranen Rezepten anzubieten. Konträr dem gegenüber standen die Bockbierfeste. Hier gab es die Bockwürstchen in allen erdenklichen Ausführungen. Dazu wirbt man mit „Rettich gratis".

Und wem dies nicht genug war, der konnte zu den zahllosen Schlachtfesten gehen. Am Anfang Wurstbrühe und Wellfleisch, später die Münchner Schlachtschüssel. Die Original Schlachtschüssel hatte als Grundlage zwei Pfund Sauerkraut und fast anderthalb Pfund Schweinefleisch bzw. geräuchertes Bauchfleisch. In das Sauerkraut waren zuvor Leber- und Blutwürstchen gegeben worden. Auch hier gab es in der Regel Kartoffelbrei dazu. Wegen der Konkurrenz wurden neue Arten der Veranstaltung erfunden: Doppelschlachtfest, das zweite zum halben Preis oder Nachtschlachtfeste. Da feierte man bis früh durch, eine Polizeistunde wurde wegen des unbedingten Verzehrs der Ware aufgehoben.

Als Außenseiter etablierte sich ab etwa 1895 das „Radeberger Genussfleisch“. Das war Kochschinken, angereichert mit einer Senf-Honig-Mischung. Dazu gab es frisches Brot, direkt aus dem Backofen. Erstaunlich ist, dass sich die normalen Portionen im Preissegment um die 60 bis 70 Pfennig bewegten, lediglich die Schlachtschüssel kostete ab 1.20 Mark aufwärts. Und selbst für das ganz kleine Portemonnaie gab es etwas zum genießen. So boten vor allem Ladengeschäfte an: Frankfurter Würstchen mit Meerrettich, die Radeberger Gallertschüssel oder der Händler Wöhlermann „Täglich abends: geräucherte, warme Heringe“. Dort gab es Flaschenbier dazu. Kostenpunkt ab 20 Pfennig aufwärts.

Die Warteliste

Nach dem 2. Advent wechselte man das Angebot oft in Gänsebraten mit Klößen oder alle Varianten des gepökelten Schweinefleischs. Dazu gab es z. B. im Restaurant Heinrichsthal als Besonderheit: Windbeutel mit Schlagsahne als Nachtisch. Mittagessen zu Weihnachten geschah zu Hause. Nachmittags ging man zu Plinsen mit Kaffee und wer abends blieb, hatte oft erneut das Schlachtfest bereits ab 26. Dezember wieder zur Auswahl.

Ein Ehepaar, vom Genuss total begeistert wollte seinen Freunden Gutes tun und schwärmte allen von diesem Restaurant vor. Einige haben darauf reagiert, waren bei nächster Gelegenheit zum Tafeln dort und ebenso begeistert. Man hat schließlich verabredet, zum gemeinsamen Schlemmern in dieser feinen Lokalität, sich regelmäßig zu treffen. Einige Paare dieses Freundeskreises hielten sich allerdings zurück und bedeckt, aßen vielleicht nur einen Salat oder eine andere Kleinigkeit oder gingen überhaupt nie mit – in den Augen der anderen längst als „Banausen“ ausgemacht. Lange gehegte Freundschaften drohten daran zu scheitern.

Bis schließlich einer auf die Idee kam, die Verweigerer nach den Gründen zu befragen. „Sorry, aber weißt Du, wir sind seit langem Vegetarier!“ – „Wir haben nur eine kleine Rente, die gerade reicht, die täglichen Lebenshaltungskosten zu decken!“ – „Wir mögen es nicht so üppig und essen deshalb am liebsten zuhause!“ „Wir achten auf gesunde und fettarme Ernährung!“ „Wir kränkeln beide und vertragen das lange Sitzen nicht so!“...... und – und – und... Argumente, die einleuchten und die man einfach gelten lassen sollte – zumal ja. Nach und nach wurde der Schlemmerkreis immer kleiner. Nicht das es jenen die wegblieben nicht geschmeckt hätte, nein .... sie mochten sich nur nicht dieses ständige Gezeter über die sogenannten „Banausen“ länger antun und eigentlich nur in Ruhe geniesen. Das besagte Paar aber hat es - warum auch immer - bisher nicht geschafft, mal in sich hineinzuhorchen um ggf. neue Sichtweiten zu erhalten und eigenes Verhalten zu ändern.

Nun ist das erste Pärchen ziemlich alleine! - An ihren Gourmet-Abenden mag das Essen gar nicht mehr so recht schmecken!

Woran dies allerdings liegt, vermag ich auch nicht genau zu sagen: Ist es der Druck, der beständig durch das erste Pärchen des Freundeskreises aufgebaut wurde, vielleicht hat auch die Qualität des Essens nachgelassen oder ist es der Mangel an rücksichtnehmender Unterhaltung auf Augenhöhe?

Egal – es ist nur eine kleine Geschichte und kein Gleichnis, dass man auch nicht unbedingt mit anderen und unendlichen Geschichten vergleichen sollte – doch ein bisschen darüber nachzudenken, kann eigentlich nicht schaden ...... oder?

Es ist egal

In den Aufsagetexten, die Kinder dem Weihnachtsmann vorsprechen mussten, um die Gaben zu erhalten, gibt es eigentlich nur einen, der das ältere Geschenkverhalten beinhaltet.
„Ich bin ein kleiner König, gebt mir nicht zu wenig, gebt mir Äpfel und Nüsse,
mich friert's an die Füße", notierten die Volksliedforscher vor über achtzig Jahren. Die Nüsse spielten in den vorweihnachtlichen Gaben, wie zum Nikolaustag eine ebenso große Rolle wie zum eigentlichen Fest. In den Schuhen am 6. Dezember oder auf dem Gabenteller war die Haselnuss bis in die jüngere Zeit oft vertreten. Den Heranwachsenden war die einst allgemein bekannte Symbolik einer Nuss wenig oder gar nicht geläufig. Unsere Vorfahren, noch nicht vom Überangebot des Alltags gefordert, sahen in der Nuss „Gottes unerforschbaren Ratschluss über Gegenwart und Zukunft".
Und so war es in unserer Gegend einst weit verbreitet, dass man zum Beispiel der Braut oder der werdenden Mutter vier Nüsse als Kennzeichen der vier Jahreszeiten schenkte. „Gott gibt die Nüsse, aber knacken musst Du sie selber!" war der Spruch für den Alltag. War die Haselnuss im Inneren in Ordnung, gab es auch keine Befürchtungen für die Zukunft. Eine ähnliche Bedeutung hatte auch das Verschenken von zwölf Nüssen. Die Träume in den zwölf Rauhnächten lassen grüßen.
Es muss in unserer Gegend ein großes Angebot an Haselnüssen in der freien Natur und in den Gärten gegeben haben. So war sie gleich dem Apfel praktisch für jeden zu haben. Mit dem Aufkommen des Weihnachtsbaumes spielten die Nüsse als Schmuckelement eine größere Rolle. Von außen wurden sie mit hellen Farben angemalt, später auch mit Stanniolpapier als goldene Nüsse umwickelt und an den Baum gehangen. Auch hier gab es eine gewisse Symbolik im Sinne des dualen Systems. Das strahlende Äußere lässt immer noch offen wie es innen aussieht.
Und dann das Jahr 1890. Neben der üblichen Blockschokolade und der einfachen Milchschokolade, war die Nuss – Schokolade eine erste Stufe weiterer Schokoladengenüsse. Der Dresdener Fabrikant Richard Selbmann brachte sie in die Radeberger Weihnachtausstellung Anfang Dezember. Schon drei Tage später war sie an vier Stellen in er Stadt zu haben. Für fast

2 Mark die größere Tafel, was immerhin dem Arbeitslohn von etwa drei Stunden im Bauhandwerk entsprach. Aber man leistete sich die Neuheit als Geschenk oder zum eigenen Verbrauch.

Heute werden auch noch Haselnüsse gegessen. Aber praktisch über das gesamte Jahr. Auf den weihnachtlichen Gabentellern sind Haselnüsse jedoch eher selten geworden. Vielleicht spielt dabei auch der hohe Kaloriengehalt der Nuss eine Rolle. Doch Haselnüsse haben eben auch gesundheitsorientierte Elemente. Ein hoher Vitamin E – Gehalt, mehrfach ungesättigte Fettsäuren und Spurenelemente wie Kalzium, Magnesium oder Zink gehören dazu.
Also, knacken sie in der Adventszeit oder zum Weihnachtsfest ruhig eine Nuss. Damit bewahren sie traditionelles Verhalten unserer Vorfahren im Festritus.

Der neue Tag

Mit seinen fast vier Jahren ist der kleine Max inzwischen zu groß für das bisherige Kinderbett, in dem er eine Zeit lang lediglich mittags geschlafen hatte. Aber auch das ist schon länger vorbei. Der Mittagsschlaf ist abgeschafft.

Die Nächte durfte er bisher im elterlichen Bett in der Mitte verbringen, nicht auf einer Besucherritze, nein, für ihn genauso durchgehend gut wie für Mama und Papa.

Vor ein paar Wochen bekam er ein Hochbett, an der eine Leiter hinauf führte, in sein Zimmer gestellt, das sein Kinderbett nun ersetzen soll. Unter dem Bett läd eine geräumige Höhle ein, sich dort zu verstecken, und Max hat es gleich geentert. Oben auf der Matratze hat er sofort ausprobiert, wie er dort spielen kann, die Aussichtsturmhöhe genossen und die Gelegenheit beim Schopf ergriffen, von dort aus durch die schräg eingebauten Dachfenster die vielen vorbeifahrenden Autos auf der Straße und die gegenüberliegenden Pferdekoppeln zu beobachten. Von da oben konnte er auch viel besser mit seinen Indianerfeilen imaginäre Jagdtiere erlegen! Aber nachts dort schlafen??

Vorige Woche hatte ihm die Mama einen Adventskalender gekauft, es ist ja bald Weihnachten. Am Sonntag hängten sie zusammen das süße Stück an einen für Max gut erreichbaren Platz in der Küche auf. Natürlich wollte der Dreikäsehoch gleich ein Türchen öffnen, um zu sehen, ob da tatsächlich etwas Süßes drin sei, auf das er Appetit hätte. Doch nein: „Zwei Mal musst Du noch schlafen, dann darfst Du das erste Türchen öffnen!“ erzählte ihm die Mama.

Max hatte eine sehr gute Idee: „Ich lege mich in mein neues Bett und schlafe einmal heute Mittag und dann fahren wir zur Oma, da schlaf ich auch! Dann hab ich zwei Mal geschlafen und darf das erste Türchen aufmachen!“

Es erforderte eine Menge Erklärungen von der Mama: vom täglichen

Dunkel werden, vom Sonnenuntergang und dem Schlafen über Nacht - und endlich akzeptierte der kleine Mann die Sachlage.

Gestern Abend wollte Max wohl besonders sicher gehen, dass er nach der zweiten Schlafnacht auch heute Morgen das erste Adventskalendertürchen öffnen dürfte. Er schlief zum ersten Mal ohne eine Aufforderung von Mama oder Papa in seinem eigenen Zimmer, in seinem eigenen Bett – die ganze Nacht und ohne Angst, wie er der Mama morgens erzählte.

Sie hatte wohl weniger gut geschlafen, ein paar Mal in der Nacht in sein Zimmer geschaut, ob ihr Junge auch friedlich im eigenen Bett schlafen würde. Aber es war alles in Ordnung!! Gegen halb sechs stieg sie zu ihm in das Hochbett: „Mama, was machst Du da?!“ kam seine erstaunte Frage. „Darf ich jetzt aufstehen und das Türchen aufmachen?“ Nein, natürlich noch nicht um halb sechs! „Erst wenn der Wecker geklingelt hat, stehen wir auf. Jetzt kuscheln wir noch ein bisschen und schlafen noch etwas.“

Der neue Weg

Und natürlich standen die Zwei nach dem Wecker klingeln schnellstens auf und Max lief zu seinem Adventskalender, öffnete mit Mamas Hilfe das richtige Türchen, pflückte seine Belohnung heraus, die er genussvoll verspeiste und tröstete sich: „... und heute Mittag mach ich bei Omi noch ein Türchen auf!“

Meine erste Adventszeit verbrachte ich hauptsächlich in meiner Wiege, bewacht von unserem Hund, während meine Mutter ihrer Hausarbeit nachging und viele Sorten Weihnachtsplätzchen buk.Der Großvater schlachtete ein Schwein für Weihnachten und mein Vater war Soldat an der Front. Es herrschte Ruhe vor dem Sturm.

Ein Jahr später.Meine Mutter, Oma und ich saßen dicht zusammengedrängt in einem Viehwagen. Plötzlich waren wir die verhassten Deutschen und auf der Flucht. Uns war kalt, wir hatten Hunger und der Zug wurde immer wieder von Tieffliegern beschossen.Schließlich kamen wir in ein vom Krieg zerstörtes Deutschland an.

Irgendwann kam ich zu Nonnen in den Kindergarten. Im Advent bastelten wir aus Papierstreifen Sterne. Die Nonnen erzählten uns viele schöne Geschichten vom Jesuskind, den Engeln und dem Nikolaus. Was ganz wichtig war, eine Kirchengemeinde aus der Schweiz unterstützte die Nonnen mit Grundnahrungsmittel und gebrauchter Kinderkleidung. Es gab immer wieder Griesbrei mit Kompott von Dörrpflaumen.

Mit der eher seltsamen Überschrift „Nichts spielt eine große Rolle in der Welt“ lockte der Gastwirt Eduard Vorberger zu Silvester 1870 seine Kunden in den „Norddeutschen Hof“. Dieses Gasthaus an der Bahnhofstraße erhielt drei Jahre später den Namen „Deutsches Haus“. Das Motto „Nichts als komischer Sylvestervortrag“, dazu weitere Späße, sorgte zum letzten Tag des Jahres für reichlich Publikum. Einige Textpassagen des vortragenden Lehrers Robert Zeidler liegen vor und könnten auch heute noch zum Schmunzeln anregen. Zunächst philosophierte Zeidler über das Recht „Wählen zu gehen“ und setzte als politischen Seitenhieb die Sentenz: „Wer seine Stimme abgibt, hat nichts mehr zu sagen!“ Es war also durchaus noch demokratisches Gedankengut aus der niedergeschlagenen Revolution von 1848/49 allgegenwärtig. Um nicht in den Geruch „politischen Cabarets“ zu geraten, ging Zeidler dann auf den Lebensalltag ein. So beschrieb er das Nichts um einen jungen Mann, der eine Frau sucht.

Er führte u. a. aus: „Betrachten wir einen jungen Mann, der seit vielen Jahren eine Lebensgefährtin sucht, aber immer vergeblich. Warum bleibt er so einsam? Was ist schuld daran? Nichts, gar Nichts, tönt uns als Antwort entgegen. Er hat Nichts – er kann Nichts! Er hat Nichts, d. h. er hat kein Geld, keine Haare, keinen Verstand, keine Güter, keinen Namen, keinen Fürsprecher, keine Liebenswürdigkeit. Er kann Nichts, denn er versteht es nicht seine Gedanken nicht so klar und süß wie Sirup vorzutragen; er versteht nicht aus Nichts etwas zu machen, vermag seine Schulden nicht selbst zu tilgen und seinen bösen Leumund nicht in Sonnenschein und Sternenglanz zu verwandeln.

Berate mich

Mit einem Worte: Er wird für einen Dämlack und Strohkopf gehalten! Das ist ja wohl Etwas, das ist sogar mehr als Nichts, aber auf jeden Fall schlimmer als Nichts!“ Und das Verrückte daran, das schlimmer als Nichts geht noch zu steigern, denn da er Nichts hat, hat er „die fünf Negative K, S, A, N und E!“ Sie seien hier genannt: Kummer, Sorgen, Angst, Not und Elend. Doch das Gute daran ist, wenn man die Buchstaben zusammenzieht und ausspricht hat er „Ksane“. Verschluckt man das K etwas sächsisch in das G so hört man eigentlich „g - sane“. Na und wer „Sahne hat“ ist doch gut aufgehoben in der heutigen Zeit.

Und das Nichts greift ja auch nach den Kindern. Fragst du einen Knaben: „Was machst Du gerade?“, so wird er antworten „Nichts“. „Und Dein Bruder?“ „Na der hilft mir dabei!“ Oder die berühmt, berüchtigte Schulgeschichte. Bekommt der Schlingel seine verdienten Lohn als ungebrannte Asche (damaliger Begriff für Schläge, d. V.) sagt er sofort: „Ich habe doch
Nichts gemacht!“ Ein trefflicher Pädagoge sagt dann voller Überzeugung „Eben deswegen, weil Du nichts gemacht hast!“

Nach meinem Entschluss, dem Mäuschen „Speedy“ als Untermieter Asyl in meiner Wohnung zu gewähren, erlebe ich jeden Tag neue, Überraschungen mit ihr/ihm, die mich immer mehr erstaunen lassen und verblüffen. So nimmt unsere fröhliche Wohngemeinschaft zunehmend Formen verstehender Kommunikation an und bereitet mir zusehend mehr Freude.

Gestern war es nun endlich soweit und mein bisher unsichtbares Mäuschen hat sich mir vorgestellt. Ich saß vor dem PC, um neue Pläne für meinen Arbeitgeber zu erarbeiten, als ich aus dem linken Augenwinkel Bewegung am Boden wahrnahm und registrierte. Ungefähr eineinhalb Meter von mir kam mein Mäuschen aus einer Lücke zwischen einem altdeutschen Geschirrschrank und einer Kommode hier in meinem Ess- und Bürozimmer, baute sich mit breiter Brust in voller Größe vor mir auf, verharrte so kurz, beäugte mich und verschwand dann wieder in beschriebener Lücke. Augenblicke später das gleiche Spielchen wieder. So ging es fünf, sechsmal und ich wurde ein wenig nachdenklich was das soll. Selbst durch meine ruhige Stimme ließ sich der kleine Vierbeiner nicht von seinem, für mich seltsamen Getue abbringen und wirkte auch gar nicht verschreckt. Ich begann mich zu hinterfragen, was mir „Speedy“ damit eventuell anzeigen wollte, jedoch vertiefte ich mich nicht weiter in den Gedanken hierzu, musste ich mich doch auf meine Ausarbeitungen konzentrieren. Später stellte ich noch einige Leckereien in die Lücke zwischen dem Mobiliar, wobei mir Gedanken kamen, ob „Speedy“ mir anzeigen wollte, dass sie/er am Umziehen war, aus der kalten Ecke hinter der Spüle in ein wärmeres Quartier hinter den Geschirrschrank neben der Esszimmerheizung.

Die Tulpe ist da

Wie war ich heute Morgen freudig überrascht, als ich neugierig in die Lücke zwischen den Schränken und auch unter der Spüle nachsah, wo ich auch noch einen Tassenunterteller mit Leckereien stehen hatte. Schnell konnte ich deuten, dass meine Gedankengänge vom Vortag wohl richtig waren. Die Leckereien in der Schranklücke, wie auch die auf dem Tellerchen unter der Spüle waren verschwunden und zu meinem Erstaunen lag ein Bündel kleingenagter Wolle oder ähnliches auf dem Teller unter der Spüle. Hmm..., ich überlegte, ob mir „Speedy" damit andeuten wollte, meine Hilfe beim Umzug in Anspruch zu nehmen? So nahm ich halt das Bündelchen auf, brachte es in die Lücke zwischen Schrank und Kommode und widmete mich wieder meiner Arbeit am PC.

Keine fünf Minuten später konnte ich erneut Bewegungen aus den Augenwinkeln wahrnehmen. Mein Mäuschen saß an gleicher Stelle wie gestern auf den Hinterbeinen und beäugte mich eine Zeitlang ehe es wieder in der Schranklücke verschwand. Augenblicke später wiederholte sich das noch einmal. Neugierig schaute ich in die Lücke zwischen den Schränken: Die neu hinterlegten Leckereien standen zwar noch da, aber das Wollknäulchen war verschwunden.

In meinem verstehenden Eifer viel mir ein, dass ich aus vergangenen Beziehungstagen noch eine Tüte mit Wolle als Hinterlassenschaft irgendwo deponiert hatte. Diese Tüte fand ich auch an vermuteter Stelle im Schlafzimmerschrank. Ich begann dann Wolle in verschiedenen Farben klein zu schneiden und legte ein größeres Knäul davon in die Schranklücke. Bisher hat sich noch nichts getan und so werde ich heute Abend wieder nachsehen, denn nun muss ich aus dem Haus andere Aufgaben wahrnehmen.

In den Sinn kam mir allerdings die Vermutung, dass es sich bei „Speedy" wohl um ein Mäusemädchen handelt, von der genbedingten Gefühlswelt der Menschen ausgehend: Alle Mädels frieren eher als Männer. So erscheint mir der Umzug des Mäuschens in wärmere Regionen eine logische Schlussfolgerung meiner Vermutung zu sein. Ob ich dann im kommenden Jahr allerdings einer Familienzusammenführung zustimme, muss ich mir noch genauestens überlegen, denn wer lässt sich schon gerne von Mäusen auf dem Kopf rumtanzen?

Im Sommer, zur Zeit der ganz heißen Tage, pflegte ich nachts die Terrassen-Schiebetür - zur besseren Luftzirkulation – offen zu lassen. Ist sicherlich in unserer ländlichen Gegend noch nicht so gefährlich, wie in dichtbesiedelten Regionen, wo man kaum die nächsten Nachbarn kennt und dadurch vermehrten Gefahren ausgesetzt wird. Na ja – bei mir ist eh nichts zu holen – oder doch? ….

Die Situation der „offenen Grenzen" hat wohl ein Mäuschen oder eine Mausefamilie genutzt – genaueres muss ich noch herausfinden - sich ein wenig bei mir umzusehen, wobei man die Gründe wohl erahnen kann: Winterquartier, reichhaltige Vorräte und Sicherheit vor jenen, die ihnen nach dem Leben trachten, vermutlich aber wohl alles zusammen. Was in Augenschein genommen wurde, hat scheinbar gefallen!

Der gute Peet

Soweit so gut und auch für mich verständlich, versucht doch jeder seine Versorgung bestmöglich zu sichern. Doch dabei sollte man auch ein bisschen Rücksicht auf die vorhandenen Ordnungswerte nehmen und wenn man Gastfreundschaft nutzt, sich auch entsprechend anpassen und verhalten und nicht versuchen, vorhandenen Werte außer Kraft zu setzen, ansonsten begibt man sich mitunter erneut in Gefahr. – Doch bis dahin ahnte oder wusste ich noch nichts von einem Untermieter, vielleicht auch mehreren.

So richtig klar wurde es mir erst durch meinen stinknormalen Putzeifer, bei dem auch wieder mal die Vorratsschubladen bestimmter und fast täglicher Lebensmittel an der Reihe waren. Wie stieg da mein Adrenalin bis in Explosionsgefahr, als ich nach und nach feststellen musste, dass sämtliche Verpackungen und somit die Vorräte wohl böswillig sabotiert wurden. Der Versuch, die Vorräte möglichst unbeschädigt aus den Schubladen zu entnehmen, scheiterte kläglich, den die Ränder der Verpackungen kurz über den Böden waren allesamt abgenagt, sodass ich letztendlich ein Haufen eines Gemisches aus Zucker, Mehl, Kartoffelmehl, Reis, Backerbsen, und Linsen liegen hatte, schön dekoriert mit Buchstabennudeln und anderen Teigwaren, gewürzt mit „Vegeta“ und selbst Salz, süßem Paprikapulver, Wacholderbeeren und zahlreichen anderen Gewürzen.

Der Zorn übermannte mich derart unkontrolliert und so schwang ich mich – nicht mehr Herr meiner Sinne - ans Telefon, um bei einer lieben Freundin zu hinterfragen, ob sie eine Mausefalle besitzt und nach deren Bestätigung, ob Sie sie mir auch mal ausleihen könnte. Ratz-fatz stand die Mausefalle mit Köder einsatzbereit unter der Spüle, denn ich war mir sicher, dass der oder die Übeltäter im Hohlraum zwischen Einbauküche und Wand den Einsatzort hatte. Die ganze Kücheneinrichtung zu demontieren erschien mir zu diesem Zeitpunkt zu mühselig, zumal die 3,20 m lange Abdeck- und Arbeitsplatte profihaft mit Silicon gegen Feuchtigkeit gut abgeklebt ist.

Als ich dann im Bett lag und zur Ruhe finden wollte, plagten mich dann aber Gewissensbisse, war es doch überhaupt nicht meine Art, einem Lebewesen was Böses anzutun. Irgendwann war ich aber dann doch mit meinen Gewissensbissen eingeschlafen.

Am nächsten Morgen lief ich, gegen meine Gewohnheit, zunächst die drückende Blase zu entleeren, in die Küche, um in der halbdunklen Spüle nach der Mausefalle zu sehen. Zu meinem Entsetzen musste ich feststellen, dass die Mausefalle ausgelöst war. Traurig und auch wütend über mich holte ich den Toilettengang nach und beschäftigte mich zunächst, mit der Rasur und Morgenwäsche, dabei verweilten meine Gedanken bei dem kleinen Mäuschen, das sich unter meinem Schutz wähnte und dass ich im Affekt hingerichtet habe. Nach dem lustlosen Verzehr eines kleinen Frühstückes, wollte ich nun doch meine Übeltat beseitigen.

Es wird so

Wie hüpfte mein Herz vor Freude, als ich die zugeschnappte Falle der Spüle entnahm, vom Mäuschen aber weit und breit keine erkennbare Spur war. Der aufgespießte Köder fehlte zwar, doch das kluge Mäuschen hat es irgendwie geschafft an ihn heranzukommen, dabei auch alle tödlichen Mechanismen ausgelöst, aber ohne eigenen Schaden zu erleiden. Oder lag es irgendwo verletzt in der Ecke? – Neue Gedanken begannen mich zu quälen. Was sollte ich nun tun? – Vielleicht doch die Einbauküche demontieren? –

Nach reiflichen Überlegungen rang ich mich dazu durch, mir eine Chance zu geben, und solche Arbeiten zunächst zurückzustellen. Um das Wohlbefinden des Mäuschens zu überprüfen, stellte ich einen Tassenunterteller mit einigen herrlich duftenden, kleingemachten Schinken- und Speckstückchen unter die Spüle. Ich sah am nächsten Morgen nach: Nichts! –Alles lag noch auf dem Teller. Ich wurde unruhig. Am nächsten Morgen dasselbe, ich bekam neue Gewissensbisse. Am dritten Morgen: Hurra, der Teller war leer! Wieder legte ich zerkleinerte Schinken- und Speckstückchen, ergänzt durch ebenso große Käsestückchen auf den Teller. Am anderen Morgen: alles war weg! Scheinbar war das anfängliche Misstrauen des Mäuschens einem Verständnis gewichen. Nun belege ich das Tellerchen schon seit Tagen mit den unterschiedlichsten Leckereien, ergänzt durch Vitamine aus Obst - und - am Morgen ist immer alles weg!

Zum Wochenende war mein behinderter Sohn da, dem ich in etwas vereinfachter Ausdrucksweise von meinem Erlebnis mit dem Mäuschen erzählte. Aufmerksam hörte er mir zu und dann kam neben der sichtbaren Freude über die Erzählungen die Frage: „Und wie heißt die Maus?" „Hmm", meinte ich, „Du hast recht, einen Namen brauch unser kleiner Mitbewohner auch noch – vielleicht fällt Dir ja ein schöner ein?" Prompt kam von meinem Sohn: „Speedy" - Als ich nachfragte, wie er darauf käme, meinte er: "Na ja, Speedy Gonzales, war schließlich die schnellste und schlauste Maus von Mexico! Aber hier ist Deutschland".

Übrigens: Meine Vorräte habe ich zwischenzeitlich in hübschen Kunststoffbehältern deponier, um „Speedy“ nicht in Versuchung zu führen, der neuen Ärger hervorrufen könnte. Dadurch sehen meine Vorratsschubladen obendrein viel ordentlicher aus.

Solch eine Gemeinschaft ist zwar ungewöhnlich, könnte aber funktionieren, wenn – ja wenn ich mich nicht dazu entschließe, doch wieder einer neuen Lebensgemeinschaft den Vorzug zu geben, denn viele Frauen haben vor Mäusen einen erschreckenden Respekt der sogar in Hysterie übergehen kann.

Vielleicht setzt aber „Speedy“ bis zum kommenden Frühjahr – bei seiner Fresslust - so viel an Gewicht zu, dass er zu träge sein wird, sich dann einer Umquartierung zu entziehen. Bis dahin sollten wir aber versuchen, miteinander auszukommen.

31872828R00042

Printed in Poland
by Amazon Fulfillment
Poland Sp. z o.o., Wrocław